Markus Kessler
Weihnachten darf nicht sterben

AF188425

Markus Kessler

Weihnachten darf nicht sterben

und andere ungewöhnliche
Weihnachtsgeschichten

Bibliografische Information der Deutschen Nationalbibliothek:
Die Deutsche Nationalbibliothek verzeichnet diese Publikation in
der Deutschen Nationalbibliografie; detaillierte bibliografische
Daten sind im Internet über http://dnb.dnb.de abrufbar.

Umschlaggestaltung: Ulisse Copeta / www.ulisse.me

Herstellung und Verlag: BoD – Books on Demand, Norderstedt

ISBN: 978-3-7460-1895-9

Inhalt

Alles Gute kommt von oben

Eine Adventsgeschichte in vier Teilen

Teil 1: Martin trifft Leonidas

Martin wartete darauf, dass sich das Feuer durch die kleineren Zweige gefressen hatte und die größeren Scheite entzündete. Wenigstens dies schien heute zu klappen. Sein Tag war nicht besonders gewesen. Das Weihnachtsgeschäft hatte seine Einnahmen gemindert. Man könnte meinen, dass die Menschen zur Weihnachtszeit großzügig wären, aber Martin hatte genau das Gegenteil erlebt.

Weil alle durch die Innenstadt hetzten auf der Suche nach dem ultimativen Weihnachtsgeschenk, blieb meistens für ihn nichts übrig. Die Konkurrenz aus dem Osten, die in der Vorweihnachtszeit auch wieder viele gute Plätze besetzte, machte das noch schwieriger. Meist waren es junge Männer, die lustlos auf ihrer Handharmonika herumdrückten, einige langweilige Töne herausquetschten und mit treuherzigen Blicken zu den Passanten aufblickten. Nein, da war das Betteln wirklich kein Spaß mehr.

Heute hatte Martin zu wenig bekommen, um sich einen Platz in der Notschlafstelle leisten zu können. Deshalb saß er jetzt hier im Wald und musste sich an einem Feuer wärmen. Hinter sich die kleine Hütte, nur ein paar von Pfadfindern zusammengenagelte Bretter, aber immerhin ein Dach über dem Kopf, das ihn vor Wind und Wetter schützte. Wenn bloß nicht der Förster oder der Wildhüter auftauchte.

Er legte ein dickeres Scheit nach und sah zu, wie es langsam Feuer fing. Das Flackern der Flammen verbreitete einen Hauch von Weihnachtsgefühl, aber so ganz alleine im Wald, das war eben doch nicht das Wahre. Martin rieb die Hände über den züngelnden Flammen und spürte, wie sich die Wärme von seinen Händen her auf den Körper ausbreitete. Es war Zeit, die beiden Würste zu braten. Wie immer hatte er kurz vor Ladenschluss das Gestell mit den herabgesetzten Waren durchstöbert. Dort hatte er schon oft echte Schnäppchen gemacht, und auch heute wieder. Ein Doppelpack Cervelats, deren Ablaufdatum heute erreicht war und die deshalb nur noch die Hälfte kosteten. Da hatte sein Geld sogar noch für ein ganzes Brot gereicht. Ein richtiges Festmahl für nur vier Franken!

Er steckte sich eine der Würste auf einen Stecken und hielt sie über die Flammen. Das Feuer knisterte, und langsam breitete sich der Geruch der feinen Wurst aus. Lagerfeuerstimmung! Sogar das Rascheln im Dickicht passte dazu. Ein Zweig, der knackte, vermutlich von einem Tier verursacht, das vom Feuer irritiert worden war.

Dann knackte und krachte es im Baum über ihm. Er ließ den Stecken mit der Wurst fallen, sprang auf und sah gerade noch, wie etwas durch die Zweige herabfiel und direkt neben dem Feuer auf den Boden krachte.

„Mein Gott!", rief er aus. Dort lag eine Gestalt neben dem Feuer. Ein Mann mit blonden Locken rappelte sich mühsam auf, stöhnte und schnaufte schwer.

„Geht es Ihnen gut?", fragte Martin. Im flackernden Schein des Feuers konnte er nichts Genaues erkennen. Der Mann schien nicht zu bluten, und er stand auch schon fast wieder. Er trug eine Art dickes Nachthemd, dunkelblau mit goldenen Rändern am Hals.

„Hallo? Hören Sie mich?", fragte Martin. „Wer sind Sie? Geht es Ihnen gut?"

„Ich bin Leonidas, und nein, es geht mir nicht gut. Ich bin grad abgestürzt und es fühlt sich an, als hätte ich mir einen Flügel gebrochen."

Jetzt erst sah Martin die Flügel auf dem Rücken des Mannes, und tatsächlich stand der rechte in einem unmöglichen Winkel ab.

„Wer ... was sind Sie?"

„Ich bin dein Schutzengel. Normalerweise sitze ich da oben im Himmel und schaue auf dich herab." Die Flügel zuckten kurz. „Mist, das tut so weh. Kannst du mir den Flügel schienen?"

Martins Unterkiefer klappte auf. „Ich? Schienen? Ich habe doch keine Ahnung, wie das geht."

„Das wird schon gehen, richte den Knochen und binde ihn an einem geraden Stock fest."

Martin schüttelte den Kopf. Herrje, entweder war dies ein total verrückter Traum, oder er saß echt in der Tinte. Wenn sogar sein Schutzengel abstürzte, war das ein schlechtes Zeichen für seine Zukunft.

Jetzt fiel ihm seine Wurst wieder ein, die er vor Schreck hatte fallen lassen. Sie lag mitten im Feuer und war inzwischen total verkohlt. Selbst der Stecken, an dem sie aufgespießt war, brannte schon. So ein Mist!

„Das war's dann mit meinem Abendessen", knurrte er, während er die Reste des Steckens aus dem Feuer zog und den brennenden Teil abbrach. Immerhin sollte dieser Stecken stark genug sein, um den Flügel zu schienen. Nur, womit sollte er ihn festbinden?

„Tut mir leid", sagte Leonidas, „ich hatte heute nicht meinen besten Tag."

„Offensichtlich", antwortete Martin. „Das erklärt vielleicht, warum mein Tag heute auch nicht so besonders war."

Ihm fiel ein, wie er auf dem Weg hierher ein paar Mal an Brombeerranken hängen geblieben war und fast gestürzt wäre. Diese Ranken waren sehr stark, die könnte er vielleicht als Bindfaden verwenden. „Warte einen Moment, ich bin gleich wieder da", sagte er zu Leonidas und ging ein paar Schritte in den dunklen Wald hinein.

Er brauchte nicht lange zu suchen, bis er einige starke Brombeerranken gefunden hatte, die er ausriss und zum Lagerfeuer zurückbrachte. „Damit sollte ich deinen Flügel schienen können."

Es war schwierig, den Stecken an dem gebrochenen Flügelknochen festzubinden, denn die Brombeerranken mit ihren Stacheln schmerzten auf den Handflächen, wenn er daran zog. Leonidas stöhnte immer wieder, sobald Martin eine Ranke festzog. Am Ende sah es zwar ziemlich improvisiert aus, schien aber zu halten. Martin rieb sich die Hände, um die letzten Dornen loszuwerden. „Eigentlich solltest doch du auf mich aufpassen und nicht umgekehrt", sagte er zu Leonidas. „Wieso bist du eigentlich abgestürzt?"

„Ach, das ist eine lange Geschichte."

Martin holte die zweite Wurst aus der Verpackung und steckte sie auf einen neuen Stecken, um sie über der Glut zu braten. Dann legte er noch ein Scheit nach. „Wir haben Zeit."

„Also gut. Ihr Menschen glaubt ja vielleicht, dass es da oben immer friedlich zu und her geht. Aber das ist überhaupt nicht so. Wir haben da oben die gleichen Probleme wie ihr hier auf der Erde. Es gibt friedliche Engel und andere, die ihre Kolleginnen und Kollegen drangsalieren. Wie bei euch auch."

Martin wusste genau, was Leonidas meinte. In der Schule hatte er auch solche Kameraden gehabt. Plagegeister, die auf alle losgingen, die kleiner oder schwächer waren. Er selbst hatte sich immer unter dem Radar dieser Rowdys halten können. Unauffällig, durchschnittlich. So hatte er sich durch die Schule gemogelt. Aber später hatte es ihn dann doch erwischt. In der Berufsschule hatten sie ihn zum Opfer auserkoren. Und das war's dann gewesen. Aus Frust hatte er mit dem Trinken angefangen. Zuerst war es ganz lustig, dann wurde es immer mehr zur Sucht, und schließlich hatte er deswegen seine Lehrstelle verloren.

„Ich war nie ein besonders guter Schutzengel", fuhr Leonidas fort. „Jedenfalls hatten sich unsere drei Raufbolde ausgerechnet mich als Opfer ausgesucht. Herodas war der schlimmste. Er hat mich jedes Mal verspottet und ausgelacht, wenn ich einen Fehler gemacht habe. Dann habe ich natürlich in meiner Verwirrung gleich den nächsten Fehler gemacht, und so weiter."

„Warum bist du ihm denn nicht einfach aus dem Weg gegangen?"

„Wie hätte ich das machen sollen? Ich war ja an dich gebunden und Herodas an einen deiner Klassenkameraden. Ich weiß jetzt gerade nicht, wie sein Schützling heißt, aber du müsstest ihn kennen. Ihr müsst euch heute begegnet sein."

Martin dachte nach. Wen von seinen alten Klassenkameraden hatte er heute gesehen? Ihm fiel keiner ein. Aber er hatte heute in der Fußgängerzone und am Bahnhof gebettelt. Da kamen so viele Menschen vorbei, bestimmt auch einige seiner alten Klassenkameraden. Er hatte allerdings vor allem Schuhe gesehen: Stiefel, Halbschuhe, einige Sneakers.

„Und heute ist es dann eskaliert", erzählte Leonidas weiter. „Herodas und seine beiden Schläger haben mich von meiner Wolke heruntergestoßen. Das wird ihnen bestimmt bösen Ärger einbringen, aber mir hilft das natürlich nicht weiter. Ich kann erst wieder hinauf, wenn mein Flügel verheilt ist, und bis dahin muss ich bei dir bleiben."

„Wie lange wird das dauern?", fragte Martin.

„Keine Ahnung. Bei uns oben ist dies mit der Medizin von Frau Medinari innert ein paar Tagen erledigt. Aber hier unten ist alles anders." Er schüttelte den Kopf, und eine Träne lief ihm über die Wange. „Ich habe keine Ahnung, wie das ausgehen wird. Wenn wir wenigstens Seriphane finden könnten. Sie könnte vielleicht zu Frau Medinari gehen und Hilfe holen."

„Seriphane? Wer ist das?"

„Das ist meine Freundin. Wir treffen uns oft. Das heißt, du müsstest ihrer menschlichen Begleiterin ebenfalls oft begegnen."

Martin zog seine Wurst aus dem Feuer. Fast wäre die zweite auch noch verkohlt, so gebannt hatte er Leonidas zugehört. Er nahm einen Bissen davon und riss sich von dem Brot ein großes Stück ab. „Hast du auch Hunger?", fragte er Leonidas.

„Nein. Wir essen nur Manna."

„Manna?"

„Ja. Eine Art Brei, der alle wichtigen Nährstoffe enthält, die ein gewöhnlicher Schutzengel braucht."

„Hmm. Und was isst du, solange du hier auf der Erde bist?"

„Nichts."

In Martin wuchs ein schrecklicher Verdacht: „Wie lange kannst du ohne dieses Manna auskommen? Du wirst mir hier doch nicht verhungern? Was wäre, wenn du hier stirbst? Können Schutzengel überhaupt sterben?"

„Sterben tun wir erst, wenn unser Mensch stirbt. Aber wir werden einfach immer schwächer, wenn wir zu wenig essen."

Martin biss noch ein Stück von seinem Brot ab und kaute nachdenklich. „Das heißt also: Je länger du hier bist, umso schwächer wirst du?"

„Genau. Deshalb sollten wir sehen, dass wir Seriphane so schnell wie möglich finden."

„Aber wie stellen wir das an? Hast du eine Ahnung, wie die Frau heißt, zu der Seriphane gehört?"

„Nein. Aber du müsstest sie gut kennen. Wir sind einander dort oben viel begegnet und das bedeutet, dass ihr euch hier unten auch oft seht."

Martin hatte inzwischen seine Wurst gegessen, und von dem Brot war auch nur noch wenig übrig. Er gähnte herzhaft und legte dann noch ein paar zusätzliche Holzscheite aufs Feuer. „Wir sollten schlafen und uns dann morgen darum kümmern, wie wir deine Freundin finden."

Er wickelte sich in die alte Militärwolldecke und sah Leonidas an. „Schlaft ihr eigentlich auch?"

„Natürlich. Wenn du schläfst, schlafe ich auch."

„Ist dir warm genug?"

Leonidas rückte noch etwas näher zum Feuer. „Es wird schon gehen."

Martin schüttelte den Kopf. Was für ein verrückter Tag. Dann legte er sich hin und versuchte zu schlafen. Doch wenig später schoss ihm noch ein Gedanke durch den Kopf. „Wie du aussiehst, fällst du aber ziemlich auf hier. Die werden dich für einen Verrückten halten mit diesem Nachthemd, das du trägst. Und dann die Flügel …"

„Das wird nicht passieren. Andere Menschen können mich nicht sehen. Nur du, weil wir zusammengehören. Und natürlich können mich andere Schutzengel sehen. Aber die gehen nur noch selten zur Erde hinab."

Teil 2: Sie finden Seriphane

Martin erwachte zitternd. Es war kalt, und sein Körper fühlte sich steif an. Das Feuer war heruntergebrannt und verbreitete den Geruch von kalter Asche. Ein kleines Räuchlein ließ hoffen, dass irgendwo da drin noch ein Rest Glut sei. Martin legte einige kleine Zweige darauf und pustete. Aschewolken stiegen empor, und darunter zeigte sich ein schwaches oranges Glimmen. Nach ein paar weiteren Versuchen züngelten einige zaghafte, kleine Flämmchen, und schon bald flackerte wieder ein wärmendes Feuer.

Jetzt erwachte auch Leonidas. Er war es noch weniger gewöhnt, auf dem kalten Waldboden zu schlafen. Hustend und fröstelnd kam er ins Sitzen. „Wie hältst du das nur aus? Diese Kälte saugt einem die ganze Energie aus dem Körper."

„Man gewöhnt sich an alles. Rück' einfach näher ans Feuer, das hilft." Er holte das Brot aus der Tasche. Viel war nicht mehr übrig. „Das Schlimmste ist dieser ständige Hunger. Aber auch daran gewöhnt man sich."

„Wie finden wir nun Seriphane?", fragte Leonidas.

„Wir wärmen uns jetzt noch einmal so richtig auf, und dann gehen wir in die Stadt. Ich muss heute unbedingt noch etwas Geld beschaffen. Dann können wir vielleicht am Abend in die Notschlafstelle. Dort gibt es richtige Betten, und es ist warm. Und du begleitest mich und hältst Ausschau nach deiner Freundin."

Wenig später war das letzte Brot aufgegessen, und sie gingen zusammen in die Stadt, als Erstes direkt zum Bahnhof. Die Erfahrung hatte Martin gelehrt, dass es dort am frühen Morgen sehr gut lief, auch wenn die Menschen oft gestresst waren. Vielleicht war es gerade diese Ungeduld, die ihm manchmal ein paar Münzen einbrachte. Man wollte ihn so schnell wie möglich loswerden und warf ihm etwas Kleingeld hin.

Von der Brezelbäckerei in der Unterführung kitzelte ihn der Duft von frisch Gebackenem in der Nase. Sein Magen knurrte sofort wieder.

„Komm", sagte Leonidas und ging die Treppe hinab.

Kaum waren sie in Sichtweite des Brezelstands, winkte die dicke Frau hinter der Theke Martin zu sich. „Guten Morgen", sagte sie und reichte ihm eine frische Brezel über die Theke. „Ein kleines Vorweihnachtsgeschenk für dich."

Martin konnte es kaum fassen. „Danke!"

„Ich kann es noch", flüsterte Leonidas mit einem Augenzwinkern, „auch mit einem verletzten Flügel."

Martin biss ein Stück von seiner Brezel ab und genoss den salzigen Geschmack im Mund. Heute könnte ein guter Tag werden. Jetzt mussten sie nur noch Seriphane finden. Könnte sie zu der Brezelfrau gehören? Aber dann hätte Leonidas bestimmt etwas gesagt. Er blickte sich weiter um, musterte alle Frauen genau. Alle hetzten durch die Unterführung, waren auf dem Weg zu ihren Zügen.

Waren welche dabei, die er öfter sah? Schwer zu sagen, normalerweise sah er die Leute nie richtig an. Er saß meist auf dem Boden und blickte auf seine Hände, die den Becher mit den Münzen hielten.

„Siehst du sie irgendwo?", fragte er Leonidas, doch dieser schüttelte nur den Kopf.

„Wir sollten uns da drüben hinsetzen und sehen, dass wir etwas Geld bekommen. Sonst müssen wir heute Nacht wieder draußen schlafen."

„Tu das", sagte Leonidas. „Aber du solltest hier nicht mit mir sprechen. Das macht den Leuten Angst. Bedenke, dass sie mich nicht sehen können."

Martin wollte gerade etwas erwidern, als er den Blick einer älteren Frau auffing, die ihn anstarrte, während sie in großem Bogen an ihm vorbeiging. Die Worte blieben ihm im Hals stecken und er nickte nur. Dann setzte er sich auf den Boden zwischen den Aufgängen zu Gleis 4 und 5. Dort war sein angestammter Platz. Von dort hatte er einen guten Blick zur Treppe und konnte die Männer von der Bahnpolizei sehen, bevor sie ihn sahen. Das gab ihm immer genug Zeit, um zu verschwinden.

Pendler auf dem Weg zu ihren Zügen rauschten vorbei. Alle in dicke Mäntel gehüllt, einige Ältere mit Aktentaschen, andere starrten angestrengt auf ihre Handys und tippten hektisch darauf herum. Das war eine Plage mit diesen Geräten. Die Leute redeten kaum mehr miteinander, starrten nur noch auf das leuchtende Display in ihren Händen. Und sie achteten nicht mehr auf den Weg. Schon ein paar Mal war jemand über Martin gestolpert. Dies brachte stets sehr unfreundliche Worte hervor. „Geh' arbeiten, du fauler Kerl", war da noch das freundlichste, was er hörte.

Sie saßen eine Stunde lang schweigend da und beobachteten die Menschen: Martin die Frauen, Leonidas ihre Schutzengel. Viele kamen nicht mehr auf die Erde herab, sondern beobachteten das

Ganze nur noch von oben. Dennoch hatte er einige seiner Kollegen gesehen.

„Wir sollten weitergehen. Jetzt sind die Pendler durch, jetzt ist hier nicht mehr viel los", sagte Martin und fing sich dafür einen schiefen Blick von einer Mutter ein, die mit ihrem Kindergarten-Kind an ihm vorbeihetzte. Er kippte den Inhalt seines Sammelbechers auf den Boden und zählte. Gerade mal drei Franken und achtzig Rappen in kleinen Münzen. Wenig, aber immerhin ein Anfang. Er steckte die Münzen in die Tasche und stand auf. „Lass uns ins Einkaufszentrum gehen, ich könnte ein Bier vertragen."

„Du solltest kein Bier trinken, das macht dich krank und mich noch schwächer", meinte Leonidas. „Versuche doch mal einen Fruchtsaft oder einen von diesen Vitamin-Drinks."

„Was ich trinke hat einen Einfluss auf dich?"

„Ja. Immer wenn du betrunken bist, wird meine Arbeit noch schwerer, als sie ohnehin schon ist. Du machst es einem Schutzengel nicht gerade leicht, dich zu beschützen."

„Hmm", machte Martin. Von dieser Seite hatte er sein Leben noch nie betrachtet. Aber das Bier war natürlich billiger als einer von diesen gesunden Fruchtsäften. Und es betäubte so schön, sodass er nicht mehr an sein verkorkstes Leben denken musste. Wobei? Wenn er Leonidas glauben konnte … Könnte es auch so sein, dass der Alkohol die Ursache und nicht die Lösung war? Es konnte nicht schaden, dies mal zu probieren. Er kaufte also einen Tetra-Pack mit Multi-Vitamin-Saft. Dieser schmeckte überraschend frisch nach exotischen Früchten. Mango war drin, Orange auch und noch viele andere, von denen er zum Teil noch nie gehört hatte.

Doch am meisten hatte ihn der Blick der jungen Verkäuferin gefreut. Sie hatte ihn angestrahlt wie noch nie. „Auf gute Gesundheit!", hatte sie ihm mit einem Zwinkern ihrer hübschen grünen Augen gesagt. Seine Knie hatten sogar kurz gezittert. War dies wieder das Werk von Leonidas? Als er ihn ansah, grinste dieser nur schelmisch.

Beschwingt und frisch gestärkt ging Martin jetzt zielstrebig in die Fußgängerzone. Vormittags hatte es da immer viele Leute, und die Sonne schien und spendete angenehme Wärme. Da gab es einen richtig gemütlichen Platz gleich beim Brunnen mit der Bronzefigur der Meerjungfrau. Da waren die Menschen immer besonders guter Laune und gaben auch mal etwas mehr.

Leonidas setzte sich neben ihn und blickte in den Himmel hinauf. Dort oben herrschte auch hektisches Treiben. Viele Schutzengel hetzten ihren Menschen hinterher und sahen genauso gestresst aus wie diese.

Nur Seriphane, die war nirgends zu sehen. Leonidas begann sich Sorgen zu machen.

Als die Sonne kurz nach Mittag hinter den hohen Häusern auf der Südseite der Straße verschwand, wurde es spürbar kälter. „Lass uns mal zur Suppenküche gehen", schlug Martin deshalb vor. Er kippte den Inhalt seines Sammelbechers in die Hosentasche, die sich damit angenehm schwer anfühlte. Das könnte ein ganz guter Tag werden, wenn er schon vor dem Mittagessen so viel beisammen hatte.

Auch bei der Suppenküche hatten sie kein Glück. Immerhin gab es eine warme Gerstensuppe, die gut schmeckte. Martin fühlte sich endlich wieder richtig satt. Leonidas allerdings sah müde aus, abgekämpft und traurig. Er sollte auch mal etwas essen, aber Manna gab es natürlich auch in der Suppenküche der Heilsarmee nicht.

Sie gingen wieder hinaus an die Sonne und Martin schlug vor, noch eine Runde im Stadtpark zu drehen. Dort waren um diese Zeit zwar nur wenige Leute, aber dafür Reiche. Menschen, die sich für das Theater und die Museen interessierten und gerne einen Spaziergang durch den Park machten.

Die beiden setzten sich auf eine Bank und genossen die wärmenden Sonnenstrahlen, während sie ihre Blicke schweifen ließen. Beim Spielplatz saß eine Mutter und sah ihren beiden Jungs beim Klettern zu. Bei der großen Linde stand ein Teenager-Pärchen und küsste sich leidenschaftlich. Bestimmt hatte der Junge gerade ein Herz in die Rinde geschnitzt mit ihren Initialen drin.

Eine alte Frau führte ihren Yorkshireterrier spazieren. Die ganze Szenerie war so friedlich. Martin stellte sich vor, wie er selbst mit einer Familie hier durch spazieren würde. Davon war er noch weit entfernt, aber irgendwann würde er das tun.

Dann kam die dicke Frau im Pelzmantel. Martin war nicht sicher, ob der echt war, aber er sah auf jeden Fall sehr teuer aus. Sie baute sich vor ihm auf, und er erwartete bereits eine Standpauke. Etwas wie: *Arbeite lieber, statt der Allgemeinheit auf der Tasche zu liegen.* Doch zu seiner Überraschung streckte sie ihm eine 20-Franken-Note hin. „Hier, junger Mann, kaufen Sie sich ein Weihnachtsgeschenk davon."

Martin traute sich kaum, die Note entgegenzunehmen. Er hatte Angst, sie würde sich als Hirngespinst oder Tagtraum herausstellen und verschwinden, wenn er sie berührte. Aber das tat sie nicht. Die Note nicht, und auch die Frau nicht.

„Vielen Dank", brachte er gerade noch heraus. „Danke! Ich weiß nicht, was ich sagen soll."

„Du brauchst nichts zu sagen. Versprich mir nur, dass du davon weder Drogen noch Alkohol kaufst, sondern dir wirklich etwas Gutes tust."

„Ja, das verspreche ich", sagte er, faltete die Note ganz exakt zusammen, bevor er sie in die Tasche steckte. Dann blickte er der Frau hinterher, wie sie davonging in dem typischen schwankenden Gang dicker Menschen, die energisch ein Ziel erreichen wollen.

„Seriphane gehört nicht vielleicht zu ihr?", fragte er, als sie außer Hörweite war.

Leonidas schüttelte den Kopf.

„Schade, die Frau muss einfach einen netten Engel haben."

Leonidas blickte empor, konnte aber nicht erkennen, welcher von den Engeln zu ihr gehörte.

Sie blieben noch lange sitzen und hörten den Vögeln zu, wie sie einander Geschichten zuzwitscherten und ihre Vogelbefindlichkeiten klärten. Martin hätte das Ganze sehr angenehm empfunden, wenn da nicht Leonidas' Blick gewesen wäre, der immer länger und immer trauriger wurde.

„Wir werden sie schon noch finden", sprach Martin ihm Mut zu. „Wenn du ihr eigentlich jeden Tag begegnet bist, müssten wir das heute doch auch schaffen, oder?"

„Schon, aber die Sonne wird bald untergehen. Wie groß ist die Chance, sie im Dunkeln zu finden?" Und nach einem Moment fügte er hinzu: „Und hungrig bin ich auch."

„Was hältst du davon, wenn wir wieder in die Innenstadt gehen. Dort sind bestimmt mehr Menschen und die Chance, Seriphane zu finden, ist größer."

Sie gingen langsam nebeneinander her in Richtung der Unterführung, die sie wieder zurück in die

Häuserschluchten der Innenstadt bringen würde, als Leonidas plötzlich wie angewurzelt stehen blieb.

„Was ist los?", fragte Martin.

„Schau mal dort bei dem Kastanienbaum, da liegt doch jemand?"

Martin sah in die Richtung, in die Leonidas zeigte. Aber da war nichts. Nur ein paar trockene Blätter.

„Da liegt jemand!", beharrte Leonidas. „Lass uns nachsehen."

Martin sah zwar immer noch niemanden, folgte aber seinem Schutzengel. Und plötzlich verstand er, warum Leonidas so unruhig geworden war. Ein weiterer gestürzter Engel.

„Seriphane!", rief Leonidas plötzlich aus. „Was ist passiert?"

Martin war sprachlos. Offenbar hatten sie Seriphane gefunden. Doch er konnte sie natürlich nicht sehen. „Was ist los?", fragte er.

„Sie ist verletzt, aber sie lebt", sagte Leonidas. „Wir müssen sie mitnehmen."

Teil 3: Ein Plan für die Engel

Martin konnte Seriphane natürlich nicht sehen. Aber Leonidas berichtete, dass ihre Verletzungen weniger schlimm wären, als es auf den ersten Blick ausgesehen hatte. Nur ein paar Kratzer und einige Schürfwunden.

„Was ist denn passiert?", wollte Leonidas von Seriphane wissen. „Und wo ist deine Menschenfrau?"

„Sie hat mich rausgeworfen und dafür den Bösen angenommen."

„Den Bösen? Hat er dich so zugerichtet?"

„Ja. Wir haben gekämpft. Aber ich hatte keine Chance, Daniela hat ihn unterstützt." Seriphane seufzte. „Wenn wir ihr nicht helfen, wird sie wohl ebenso böse werden wie ihr neuer Begleiter. Gemein, niederträchtig, kriminell."

„Wo finden wir sie?"

„Sie hat oft in der Suppenküche ausgeholfen. Aber ich glaube nicht, dass sie dort noch einmal auftauchen wird."

Leonidas berichtete Martin, was passiert war. „Kennst du diese Daniela?"

Martin runzelte die Stirn. „Ja. Ich glaube schon. Sieht gar nicht schlecht aus. Lange, dunkle Haare, die sie immer zu einem Pferdeschwanz gebunden hat?"

Seriphane nickte, und Leonidas ebenfalls.

„Wir müssen sie finden", meinte Leonidas. Er hatte die Führung des Teams übernommen. „Als Erstes gehen wir in die Suppenküche, und wenn sie nicht dort ist, fragen wir ihre Kolleginnen und Kollegen."

Es dauerte nicht lange, bis sie die Suppenküche erreicht hatten. Leider war diese Informationsquelle nicht besonders ergiebig. Immerhin fanden sie heraus, wo Daniela wohnte.

Da sie nun eine genaue Adresse hatten, wollten sie auf jeden Fall versuchen, sie dort zu finden.

Es war nicht allzu weit zu gehen. Dennoch fühlte Martin sich unbehaglich mit Leonidas und der unsichtbaren Seriphane. Im Gespräch musste

Leonidas jeweils als Vermittler wirken und die Botschaften weitergeben.

Für Martin war diese Art der Kommunikation besonders schwierig, weil er sich immer wieder schräge Blicke von Passanten einfing, die natürlich keinen der beiden Engel sehen konnten. Er musste auf diese Menschen wirken wie jemand, der intensive Selbstgespräche führt.

Nach einer Weile kamen sie zu Danielas Wohnung. Martin fragte sich, ob sie wohl die Türe öffnen würde, falls er läutete. Für sie war er vermutlich ein völlig Fremder. Doch das Problem stellte sich gar nicht. Alle Fenster waren dunkel, obwohl die Dämmerung bereits eingesetzt hatte.

Und nun? Martin wusste nicht, wie sie Daniela finden sollten. Doch Seriphane hatte die Idee, die häufigsten Plätze abzuklappern, die sie in letzter Zeit besucht hatte. Allerdings konnte sie nicht mit Sicherheit sagen, wo diese Plätze waren. Ihr Orientierungssinn war ihre größte Schwäche. Sie beschrieb also die Plätze detailliert, Leonidas gab die

Beschreibungen an Martin weiter, der dann interpretieren musste, wo das sein könnte.

Nicht immer hatte er richtig interpretiert, und so irrten die drei kreuz und quer durch die Stadt.

Zuletzt gingen sie zum Rock-Club Underground. Dort war Daniela in letzter Zeit ein paar Mal an Konzerten gewesen und hatte neue Freunde kennengelernt. Vielleicht hatte sie dort auch zum ersten Mal den Bösen getroffen.

Daniela trafen sie dort nicht an, dafür begegneten sie Herodas.

„Da, schau her", spottete dieser. „Freund und Freundin wieder vereint. Kümmert ihr euch jetzt gemeinsam um diesen Taugenichts?"

„Kannst du uns nicht einfach in Ruhe lassen", warf ihm Seriphane entgegen.

Er lachte nur schallend und meinte: „Uhh, ist da jemand in dich verliebt, Leonidas? Oder bist du solch ein Schwächling, dass du ein Mädchen als Beschützerin angestellt hast?"

„Lass uns einfach in Ruhe", sagte Leonidas schroff und drängte die anderen beiden weiterzugehen, weg von dieser unangenehmen Gesellschaft.

„Irgendwann wird er wohl weit genug gesunken sein, dass sie ihn zum Teufel jagen. Im wahrsten Sinne des Wortes."

Inzwischen war es ganz dunkel geworden und sie mussten sich entscheiden, wie sie weiter vorgehen sollten.

„Heute Nacht werden wir wohl nichts mehr erreichen. Wir sollten zur Notschlafstelle gehen, solange es noch freie Plätze hat. Dann können wir dort etwas essen und an einem warmen Ort übernachten", schlug Martin vor.

Es gab eine schön heiße Bündner Gerstensuppe und ein Stück Brot von gestern. Für Martin ein regelrechtes Festmahl.

Nur für die beiden Engel war das natürlich nicht geeignet, und Leonidas hatte immer noch nichts gegessen. Aber jetzt war ja Seriphane da. Sie konnte nach oben fliegen und etwas Manna holen.

Sie war gar nicht so lange weg und Martin bemerkte, dass sie wieder zurück war, als plötzlich wie aus dem Nichts ein Krug vor Leonidas auftauchte. Solange Seriphane den Krug gehalten hatte, konnte Martin ihn nicht sehen, erst als Leonidas ihn berührte, wurde er für ihn sichtbar. Das brachte ihn auf eine Idee.

Er flüsterte die Idee Leonidas zu, und dieser griff sogleich nach Seriphanes Hand. Und tatsächlich funktionierte es.

Seriphane hatte leuchtend blondes Haar und ein bezauberndes Lächeln. Kein Wunder, dass sie Leonidas gefiel, dachte Martin.

Leonidas sah auch gleich frischer aus. Martin war nicht sicher, ob es daran lag, dass er etwas von dem Manna in dem Krug getrunken hatte, oder ob seine Gesichtsfarbe rötlicher geworden war, weil er Seriphane die Hand gab. Vielleicht von beidem etwas.

„Wie wollen wir morgen Daniela finden?", fragte Martin.

„Wir werden wohl einfach die wichtigsten Orte in der Stadt abklappern müssen", schlug Leonidas vor. „Da brauchen wir schon ein bisschen Glück."

Martin seufzte. Das würde eine ganz schöne Lauferei geben. Es musste doch eine einfachere Möglichkeit geben.

„Sag mal", fragte er Leonidas, „wie hältst du denn Kontakt zu mir? Vielleicht kann Seriphane auf die gleiche Weise Daniela aufspüren?"

„Das habe ich schon probiert", antwortete Seriphane. „Es geht nicht mehr, seit der Böse bei ihr ist. Irgendwie scheint er sie vor mir abschirmen zu können."

„Gibt es denn keine andere Möglichkeit? Gibt es denn bei euch oben im Himmel nicht eine Art zentrale Überwachungsstation?"

Fast gleichzeitig begannen die beiden Engel zu strahlen. Sie blickten einander an und lachten: „Natürlich!"

„Entschuldigt mich für eine Weile", sagte Seriphane und verschwand.

Diesmal dauerte es volle zwei Stunden, bis sie wieder zurückkam. Martin und Leonidas saßen inzwischen auf dem Feldbett, das Martins Nachtlager sein würde. Seriphane setzte sich zu ihnen und hielt wieder Leonidas' Hand, damit Martin sie auch sehen konnte. Dann berichtete sie: „Herrje, das war wohl die schwierigste Unterredung in meinem ganzen Leben. Ich saß bei unserem Oberengel und musste ihm berichten, dass Daniela mich durch einen Bösen ersetzt hatte. Er war richtig zornig, hat mir einen langen Vortrag darüber gehalten, dass ich hätte rechtzeitig Hilfe holen sollen. Und dich hat er auch schon vermisst. Er freut sich schon darauf, mit dir zu reden." Ihr Blick ging zu Leonidas und sie drückte seine Hand, um ihm Mut zu machen. „Jedenfalls haben wir jetzt Unterstützung von oben. Er wird morgen alle Engel anweisen, nach Daniela Ausschau zu halten. Dann sollten wir sie eigentlich bald finden."

„Und hatte er auch eine Idee, wie wir den Bösen vertreiben können?", fragte Martin.

„Nein. Das weiß er auch nicht. Da sind wir ganz auf uns allein gestellt. Am einfachsten wäre es, wenn wir Daniela überzeugen könnten, ihn hinauszuwerfen, genauso, wie sie es mit mir gemacht hat."

„Das müsstest dann du machen, Martin", schaltete sich nun Leonidas ein. „Wir beide existieren für sie ja im Moment nicht."

Puh. Das wurde immer schwieriger. Martin musste also diese Frau dazu bringen, sich vom Bösen abzuwenden. Wie sollte er das nur anstellen? Er war doch so schon unsicher im Umgang mit Frauen. Herrje, warum musste ausgerechnet sein Leben so kompliziert sein!

„Du schaffst das schon", meinte Leonidas. „Bedenke, dass du im Moment gleich zwei Schutzengel hast."

„Das bringt mich jetzt noch zu einem anderen Thema", sagte Seriphane an Leonidas gewandt. „Heute Nacht soll dein Flügel geheilt werden. Du sollst heute Abend draußen im Stadtpark warten, bis ein Medizin-Engel sich um dich kümmert.

Gleich hinter den Volieren gibt es ein dichtes Gebüsch mit einer kleinen Lichtung in der Mitte. Da wartest du auf sie. Du musst dich einfach vergewissern, dass keine Menschen in der Nähe sind. Medizin-Engel sind auch für Menschen sichtbar, weil ihre Kraft so stark leuchtet."

Leonidas holte Luft, um noch etwas zu sagen, verstummte aber gleich wieder. Das war etwas, was Martin nur zu gut kannte.

„Na los", sagte er deshalb, „frag' sie schon."

Leonidas zitterte regelrecht, als er noch einen Versuch wagte. „Also, ich wollte fragen …"

Seriphane sah ihn gespannt an. „Ja?"

„Ob du vielleicht Lust hast … mich …" Leonidas schluckte leer, dann endlich brachte er es heraus: „… mich zu begleiten?"

Sie lachte hell und schenkte ihm diesen besonderen Blick, der ihm immer so gefallen hatte. „Natürlich! Gerne! Ich dachte schon, du fragst gar nicht."

„Geht schon, ihr beiden Turteltauben", sagte Martin, „ich komme hier schon alleine zurecht."

Er sah ihnen nach, als sie Hand in Hand davongingen. Wer hätte gedacht, dass er seinem persönlichen Schutzengel einmal helfen müsste, sein Mädchen um ein Rendez-vous zu bitten. Er legte sich aufs Bett und fragte sich, ob er wohl auch einmal dieses Gefühl haben könnte.

Teil 4: Es wird ernst

Als Seriphane und Leonidas frühmorgens um sechs Uhr wieder bei Martin am Bett auftauchten, sahen sie glücklich aus. Leonidas präsentierte stolz seinen geheilten Flügel und drehte auch gleich eine Runde über die Betten der anderen Gäste. Nicht wenige knurrten im Schlaf, als der Engel knapp über sie hinwegflog.

„Du weckst sie noch alle auf", zischte Martin.

Leonidas setzte sich zu ihm ans Bett und hielt wieder Seriphanes Hand. „Entschuldige, ich bin einfach so glücklich heute. Endlich kann ich wieder fliegen." Das Lächeln, das er Seriphane schenkte, zeigte Martin, dass es nicht nur das Fliegen war, was seinen Engel so glücklich machte.

„Lasst uns rausgehen, da können wir uns besser unterhalten", flüsterte Martin.

Bis das Frühstück bereit war, dauerte es zwar noch fast eine Stunde, trotzdem strich ihnen bereits der Duft von frisch aufgebackenen Brötchen um die Nase. Mit knurrendem Magen setzte Martin

sich an einen Tisch im noch leeren Frühstücks-
raum, ihm gegenüber die beiden Engel.

„Na, wie war eure Nacht?", fragte er.

„Ich hätte nicht gedacht, dass es so weh tut, einen gebrochenen Flügel zu heilen", sagte Leonidas.
„Aber es hat geholfen, dass Seriphane dabei war."

Wieder schenkte er ihr ein bezauberndes Lächeln.

Da war wohl jemand ganz schön verliebt.

„Vielleicht sollten wir diese Daniela gar nicht
suchen", meinte Martin. „Wenn Seriphane wieder
bei ihr ist, siehst du sie wieder weniger. Und mir
gefällt der Gedanke, dass ich jetzt zwei Schutzengel
habe."

„Keine Angst, wir werden schon einen Weg
finden, wie wir uns treffen können", sagte Leonidas
und drückte Seriphanes Hand. „Nicht wahr?"

„Bestimmt!" Sie zwinkerte Martin zu. „Wo ein
Wille ist, da ist auch ein Weg."

„Wie wollen wir eigentlich heute vorgehen?", fragte Martin. „Sollen wir noch einmal bei ihrer Wohnung vorbeischauen?"

Hinter ihm schepperte es gewaltig. Martin sprang hoch und starrte die dicke Frau an, die gerade das gesamte Essbesteck hatte fallen lassen.

„Was hast du gesagt?", bellte sie.

„Ach, nichts", gab Martin zur Antwort, „Lassen Sie mich Ihnen helfen." Er kniete sich hin und sammelte die verstreuten Messer und Löffel ein. Herrje, überall waren sie verstreut, unter den Tischen, hinter dem Kaffeeautomaten, zwischen den Stühlen. Schließlich hatten sie alles Besteck wieder eingesammelt, und die dicke Frau ging damit nach hinten. „Jetzt muss ich alles noch einmal abwaschen", murmelte sie. „Scheiß-Job."

„Du hättest dein Gesicht sehen sollen, als der Krach hinter dir losging", lachte Leonidas. „Das war goldig."

„Lach du nur, ich bin zu Tode erschrocken."

„Keine Sorge, wir passen schon auf."

„Haha", knurrte Martin. „Also zurück zu unserem Plan. Bleibt es dabei, dass wir es zuerst noch einmal bei ihr zu Hause versuchen?"

Die beiden Engel nickten. „Das wird wohl das Beste sein."

„Gut. Ich möchte nur noch kurz frühstücken, dann können wir gehen."

Die dicke Frau tauchte noch ein paar Mal auf, bis das Frühstück bereit war. Wenn man bedachte, wie schlecht gelaunt sie war, grenzte es schon an ein Wunder, dass die Milch davon nicht sauer wurde. Doch nichtsdestotrotz schmeckte alles wunderbar. Martin fühlte sich so gut wie schon lange nicht mehr. Er bedankte sich höflich bei der dicken Frau, dann machte er sich mit seinen beiden Engeln auf den Weg zu Danielas Wohnung.

Diesmal war sie offensichtlich zu Hause. In zwei Fenstern war Licht zu sehen. Martin klingelte, doch drinnen regte sich nichts. Er versuchte es noch einmal, doch wieder kam von drinnen keine Antwort.

Seriphane verschwand und kam wenig später ganz aufgeregt zurück. „Wir müssen ihr helfen, sie liegt auf dem Bett, und es geht ihr ganz schlecht. Sie zittert am ganzen Körper. Es sieht aus, als ob sie im Sterben liege."

Martin polterte an die Türe und rief ihren Namen, aber wie vermutet brachte dies nichts. Im Stockwerk über ihnen ging eine Türe auf und ein Mann schrie herab: „Was ist das für ein Krach? Wenn das nicht sofort aufhört, komme ich runter!"

Martin zog es vor, es nicht auf einen Versuch ankommen zu lassen. Der Mann hatte sehr wütend geklungen. „Kommt, wir versuchen es draußen über den Balkon", flüsterte er den Engeln zu.

Sie gingen um das Haus herum und sahen am Gebäude hoch. Im ersten Stock war ein Fenster offen. Dieses musste zu Danielas Wohnung gehören. Und der Balkonturm mit seinen massiven Stahlstützen würde Martins Gewicht leicht tragen. Fragte sich nur, ob er es schaffte, daran hochzuklettern. Er hatte seit Jahren keinen Sport mehr gemacht, und seine Höhenangst war ein weiteres Thema. Ihm war gar nicht wohl dabei.

Das Metall war extrem kalt. Sofort erinnerte er sich an seine Jugend, wie sie immer ihre Zungen ans kalte Metall von Straßenlaternen gehalten hatten und innert Sekunden daran festgefroren waren. Einer seiner Klassenkameraden hatte sich dabei sogar einmal ernsthaft verletzt.

Die beiden Engel hatten es viel einfacher, sie konnten zweimal mit den Flügeln schlagen, schon waren sie oben. Sie streckten zwar die Hände aus und feuerten Martin an, konnten aber nicht wirklich helfen.

Seine Hände waren steif gefroren, als er endlich auf dem Balkon stand. Er hauchte in seine geballten Fäuste und wartete, bis das Gefühl zurückkehrte. Und als es dann da war, wünschte er, es wäre nicht gekommen. Jetzt schmerzten seine Hände von der Kälte genauso wie damals, als er sie in einem Feuer verbrannt hatte. Er biss die Zähne zusammen, um nicht laut herauszuschreien und die

Nachbarschaft auf sich aufmerksam zu machen. Immerhin war er gerade dabei, einen Einbruch zu begehen.

Er stieß das Fenster, das nur angelehnt war, ganz auf und trat langsam ins Zimmer. „Hallo?", fragte er vorsichtig. „Daniela? Ich komme, um dir zu helfen."

Von irgendwoher hörte er ein leises Stöhnen, in der Luft schwebte der Geruch von Erbrochenem.

Auf dem Couchtisch lag eine zerbrochene Flasche, es roch nach Alkohol und abgebrannten Kerzen. Rund um den Tisch herum lagen Abfall, Chipstüten, Folien von Sandwichverpackungen, leere Bierflaschen. Hier musste eine ganze Horde Betrunkener gewütet haben. 'Das wird ein ganz schönes Stück Arbeit werden, diesen Misthaufen aufzuräumen', dachte Martin. Vorsichtig stapfte er durch die Unordnung zur Türe, hinter der er Danielas Schlafzimmer vermutete. Doch als er die Hand auf den Türgriff legte, zögerte er. Was, wenn

Daniela mit einem Mann im Bett lag? Sollte er wirklich einfach so in ihr Schlafzimmer eindringen?

Als er wieder dieses Stöhnen hörte, das eindeutig nicht nach Lust, sondern eher nach Schmerz klang, stieß er die Tür auf.

Das Chaos aus dem Wohnzimmer setzte sich auch im Schlafzimmer fort. Überall lag Abfall herum, es stank grässlich, und vor dem Bett auf dem Fußboden lag Erbrochenes. Dass jemand in diesem Gestank schlafen konnte, war Martin ein Rätsel.

Daniela lag auf dem Bett. Sie hatte ihren Pyjama falsch herum angezogen. Er hielt sich die Nase zu, ging flink durch das Chaos hindurch und öffnete das Fenster. Frische Luft dürfte diesen sauren Geruch zumindest etwas abmildern.

„Daniela?", fragte Martin dann. „Lebst du noch?"

Sie murmelte etwas vor sich hin, was eine Antwort sein konnte oder auch nicht. Sie sah schrecklich aus. Am rechten Arm hatte sie einen großen Kratzer, eingetrocknetes Blut klebte auf ihrer Haut und an der Bettdecke. Auf ihrer rechten Wange hatte sie einen großen violetten Bluterguss, ihr rechtes Auge war zugeschwollen. Was war hier nur passiert?

Jetzt fiel ihm auf, dass seine beiden Engel gar nichts gesagt hatten, seit sie den Raum betreten hatten. Und dann sah er ihre Blicke. Sie starrten mit großen Augen auf die Fußseite von Danielas Bett. „Was habt ihr?", fragte er.

Leonidas erzählte flüsternd: „Da liegt der Böse und schläft. Ein hässliches Geschöpf mit gebogenen Hörnern am Kopf. Es sieht aus wie ein Stier mit menschlichem Körper. Aus seinen Nüstern steigt gelblicher Rauch auf, und es hat einen Nasenring, einen schweren, geschmiedeten."

„Und jetzt?", fragte Martin. „Was machen wir jetzt?"

Leonidas schüttelte nur den Kopf.

Martin sah herab zu Daniela, die sich gerade zur Seite wälzte und dabei sehr undamenhaft grunzte, als er aus dem Augenwinkel bemerkte, wie Leonidas zusammenzuckte.

„Was?", fragte er.

„Er ist erwacht", stöhnte Leonidas, und dann hob er seine Hände vors Gesicht. Gleich darauf wurde er von der für Martin unsichtbaren Gestalt heftig gegen die Wand geworfen. Es krachte hörbar, und Martin fürchtete schon, dass Leonidas' Flügel erneut gebrochen war. Der Engel stöhnte, und Martin konnte nichts für ihn tun, weil er den Bösen nicht einmal sehen konnte.

Einmal meinte er, einen kalten Luftzug an seiner linken Seite vorbeistreifen zu spüren, doch das konnte genauso gut von draußen kommen.

„Kümmere dich um sie", stöhnte Leonidas, bevor er wieder von seinem unsichtbaren Gegner zu Boden geworfen wurde.

Martin brauchte einen Moment, bis er verstand, was Leonidas meinte. Natürlich, er musste sich um Daniela kümmern, denn sie hatte am meisten Macht über den Bösen. Sobald sie ihn nicht mehr in ihrer Nähe haben wollte, müsste er verschwinden. Er setzte sich also zu ihr aufs Bett und überwand für einmal seine Schüchternheit und seinen Ekel vor dem Geruch, den ihr Bettzeug verströmte.

„Daniela?", sagte er, so ruhig er konnte, „Daniela?"

Sie murmelte etwas Unverständliches und drehte sich von ihm weg.

„Tu was", stöhnte Leonidas hinter ihm.

Martin fasste neuen Mut und schüttelte Daniela an der Schulter. „Daniela! Du musst wach werden! Daniela!"

Langsam schienen ihre Lebensgeister zu erwachen. „Wer …?"

„Ich bin Martin Hofer. Du kennst mich vielleicht nicht, aber ich will dir helfen."

„Wo …?", murmelte sie, immer noch im Halbschlaf. „Was …?"

„Hast du etwas genommen?", fragte Martin. Eigentlich eine überflüssige Frage. So wie sie aussah, hatte sie mehr als nur 'etwas' genommen. Darum korrigierte er seine Frage gleich wieder: „Was hast du genommen?"

„Lass mich in Ruhe. Ich will schlafen", sagte Daniela, die langsam doch wach wurde.

„Das geht nicht. Du musst mir helfen. Unsere Schutzengel brauchen unsere Hilfe."

Daniela schüttelte den Kopf. „Das war ein total verrückter Traum. Ich könnte schwören, du hättest grad gesagt, wir müssten unseren Schutzengeln helfen. Wenn, dann müsste das doch umgekehrt sein!"

„Nein", sagte Martin. „Wirklich. Wir müssen ihnen helfen. Komm schon!"

„Du bist doch verrückt!" Sie drehte ihm den Rücken zu. „Verschwinde aus meinem Traum!"

Martin hörte, wie Leonidas erneut hart gegen die Wand prallte. Reflexartig drehte er sich zu dem Geräusch um und sah, wie Leonidas an der Wand zusammengesunken war. Dann tauchte Seriphane neben ihm auf und schrie Martin an: „Tu was. Sonst schaffen wir das nicht!"

Leonidas blieb bewegungslos liegen. Seriphane war wieder unsichtbar geworden. Herrje, er musste etwas unternehmen.

„Daniela!", schrie er noch einmal und schüttelte sie jetzt richtig. „Hör mir jetzt zu! Du musst jetzt aufstehen. Wir müssen dich ins Krankenhaus bringen. Sofort! Und du musst dich wieder vom Bösen abwenden!"

Sie blickte ihn verstört an, hatte bestimmt kein Wort verstanden von dem, was er gesagt hatte. Martin wusste einfach nicht, was er tun sollte. Hinter ihm lag sein Schutzengel, vermutlich verletzt, und er kam hier überhaupt nicht weiter. Seine Hilflosigkeit war so grenzenlos, dass er einfach nur noch still vor sich hin weinte.

Und das drang tatsächlich zu Daniela durch. Seine Tränen berührten sie. Sie legte ihm die Hand auf den Arm. „Was ist mir dir? Und was war das für eine Geschichte mit den Schutzengeln."

Martin erzählte ihr die ganze Geschichte, und je länger er erzählte, desto betroffener wurde sie.

„Das klingt wie ein ganz verrückter Traum",
sagte sie, als er alles erzählt hatte. „Oder wie ein
Märchen."

Danielas Gesicht wurde weicher, ihre harten
Falten über den Augenbrauen verschwanden, aus
ihren Mundwinkeln verschwand die Spannung. Es
war ein faszinierender Anblick, wie sie da vor seinen Augen hübscher wurde, weiblicher und sanfter.
In diesem Moment wusste Martin, dass sie gute
Chancen hatten, den Bösen zu vertreiben.

Er griff nach ihrer Hand und zog sie an sich.
Dann umarmte er sie so herzlich, wie er nur konnte. Er spürte, wie ihre beiden Körper einander
wärmten, und obwohl sie ziemlich unangenehm
roch, hielt er sie ganz fest an sich gedrückt.

In diesem Moment breitete sich im Raum ein
helles Licht aus.

Daniela blickte mit weit aufgerissenen Augen
an Martin vorbei. „Wer bist du? Ein Engel?"

Martin folgte ihrem Blick, konnte dort aber
nichts Ungewöhnliches erkennen. Daniela musste

zum ersten Mal Seriphane gesehen haben. Er lächelte. Heute würde ein guter Tag werden.

Epilog

Das Feuer knistert und flackert an dem Ort, wo vor drei Wochen alles begann. Martin hat eine kleine Tanne mit Papierschlangen und ein paar Kerzen dekoriert. Es ist nur ein kleiner Weihnachtsbaum, aber die Größe ist hier ganz nebensächlich. Dieses Weihnachten wird er wohl sein Leben lang nicht vergessen.

Neben ihm sitzt Daniela, ihnen gegenüber die beiden Engel Leonidas und Seriphane, die immer Händchen halten, damit sie für ihre beiden Menschen sichtbar bleiben.

Einen Grund zu feiern haben sie ganz offensichtlich. Nach dem großen Kampf gegen das Böse hat sich viel verändert. Martin hat jetzt ein Zimmer bei Daniela, bis er eine eigene Wohnung gefunden hat. Das kann zwar noch etwas dauern, aber seit er wieder ein Zimmer mit einem Bett hat und nicht mehr draußen schlafen muss, achtet er auch wieder mehr auf sein Äußeres. Er ist jetzt stets gut rasiert, hat die Haare geschnitten und im Brockenhaus einige „neue" alte Kleider geholt. Er fühlt sich schon ganz anders.

Die wichtigste Veränderung ist aber, dass er seit diesem Morgen in Danielas Wohnung keinen Alkohol mehr angerührt hat. Und wenn er doch einmal schwach wird und eine Flasche zur Hand nehmen will, taucht sofort Leonidas auf und hilft ihm, an etwas Schönes zu denken.

Und das Beste kam gerade noch rechtzeitig vor Weihnachten: Er kann im neuen Jahr in einer Möbelwerkstatt mit einem Praktikum beginnen. Geschickt wie er ist, wird er dort bestimmt eine gute Leistung abliefern, und wer weiß, vielleicht bekommt er dann einen festen Arbeitsplatz.

„Was meint ihr, glaubt uns jemand, wenn wir diese Geschichte erzählen?", fragt Martin in die Runde.

Alle vier lachen. „Wer weiß", sagt Leonidas. „Aber das Gute ist ja, dass sie auch wahr ist, wenn niemand außer uns dran glaubt."

Die Einladung zum Essen

Daniel saß auf seinem Bett und schaute hinaus in die verschneite Berglandschaft. Die Sonne stand hoch am Himmel und ließ alles glitzern und funkeln. Sigi amüsierte sich bestimmt ganz toll – und *er* musste hier zwischen Bett und Toilette hin und her pendeln. Warum musste dieses elende Magen-Darm-Virus ihn ausgerechnet jetzt erwischen?

Wie gerne wäre er jetzt mit Sigi zusammen über die Pisten getobt und hätte Skihasen aufgerissen. Aber in dieser Hinsicht konnte er sich ja auf Sigi verlassen. Der würde bestimmt zwei süße Girls anquatschen. Nur würde Daniel damit trotzdem nichts anfangen können, solange sein Magen verrückt spielte.

Dabei hatten sie es sich so schön ausgemalt. Zwei junge, ungebundene Kerle im besten Alter machen Weihnachtsurlaub in einem schönen Skiort, wo es nichts gab außer kilometerlange Skipisten und Après-Ski mit jungen, ungebundenen Skihasen.

Daraus würde nichts werden für Daniel – zumindest bis auf Weiteres.

Er schaute noch dem Treiben auf der Piste zu, bis die Sonne hinter den Bergen verschwand. Dies war normalerweise die Zeit, wo es erst richtig losging. Après-Ski!

Wie auf Kommando flog die Türe auf, und Sigi trampelte herein. „Na, mein Alter, hast du dich gut amüsiert?", rief er, noch bevor er aus seinen Skistiefeln gestiegen war.

„Klar, was hast du denn gedacht. Silvia und Biggi sind grad zur Tür raus. Du hättest sie eigentlich noch sehen müssen."

Sigi hielt inne und starrte ihn an. „Echt?"

Daniel lachte. „Natürlich nicht. Aber dein Gesicht gerade war toll."

„Aber jetzt im Ernst. Du solltest sehen, dass du gesund wirst. Ich habe uns nämlich wirklich zwei süße Girls klar gemacht: Denise und Heidi. Sie haben uns morgen Abend zum Essen eingeladen."

„Klasse. Ich wollte morgen sowieso zur Apotheke und mir Medizin besorgen. Dann kauf ich uns gleich noch zwei Flaschen Wein."

„Tu das. Und ich hüpfe jetzt schnell unter die Dusche, wenn's recht ist. Ich will danach noch hinunter in die Hotelbar. Es macht dir doch nichts aus?"

„Nein, geh nur. Aber sieh zu, dass du morgen wieder fit bist."

Am nächsten Morgen gab sich Daniel alle Mühe, leise aus dem Bett zu steigen und sich anzuziehen. Sigi war tatsächlich erst spät ins Zimmer zurückgekommen; so wie es immer noch roch, hatte er ganz schön einen in der Krone gehabt.

So schlich Daniel aus dem Zimmer und machte sich auf den Weg zur Apotheke.

Dort war so früh am Morgen noch nichts los. Zwei Frauen in weißen Kitteln standen da und lächelten ihm freundlich zu. Er wandte sich an die

Hübschere der beiden und erzählte ihr von seinem Magen-Problem.

Sie hatte süße Fältchen in den Augenwinkeln, als sie ihm zuzwinkerte: „Aha, Magenprobleme?"

„Ja. Wirklich." Dann schilderte er einige der Symptome, auch die unappetitlichen.

Ihr Blick wurde ernster. „Das scheint tatsächlich eine Magen-Darm-Grippe zu sein." Dann verschwand sie hinter einem Vorhang und kam kurz darauf mit zwei Medikamentenschachteln zurück. „Diese Tabletten können die Symptome etwas lindern. Normalerweise sollte die Krankheit nach ein paar Tagen von alleine abklingen. Falls nicht, sollten Sie einen Arzt aufsuchen."

Daniel nahm die Pillen entgegen und bezahlte.

„Ach, und noch etwas", meinte die Apothekerin, „selbstverständlich sollten Sie keinen Alkohol trinken, solange Sie noch krank sind."

„Natürlich", antwortete Daniel, doch in Gedanken war er schon bei den zwei Flaschen Wein, die er noch besorgen wollte.

Die Frau schien ihn durchschaut zu haben, denn sie insistierte noch einmal. „Wirklich! Der Alkohol verkürzt Ihr Leben, auch wenn Sie nicht krank sind. Und das wäre doch schade." Jetzt schenkte sie ihm wieder ihr Lächeln mit den süßen Fältchen in den Augenwinkeln. Himmlisch!

Er dachte kurz darüber nach, sie um eine Verabredung zu bitten, ließ es dann aber doch bleiben. Zuerst sollte er dafür sorgen, dass er wieder gesund würde.

Als er ins Zimmer zurückkam, war Sigi wach und frisch geduscht. Er hatte den Geruch von altem Tabakrauch und noch älterem Whisky abgewaschen und durch den Duft einer herben Männerseife ersetzt. „Guten Morgen", krächzte er, immer noch heiser von der offenbar wilden Party.

„Na, ausgeschlafen?", fragte Daniel und zog die Augenbrauen hoch. „Wohl noch nicht ganz."

„Naja, ist halt spät geworden. Und du? Was macht dein Magen?"

„Ich hab grad Medizin geholt. Die sollte helfen, dass ich heute Abend einigermaßen fit bin und vielleicht sogar etwas essen kann." Er klaubte eine Pille aus jeder Schachtel, steckte sie sich in den Mund und biss zweimal drauf, bevor er sie ohne Wasser hinunterschluckte. „Pfui! So wie die schmecken, müssen sie gut wirken", murmelte er vor sich hin.

„Kommst du heute mit auf die Piste?", fragte Sigi. „Oder muss ich wieder alleine auf Hasenjagd?"

„Ich bleibe besser heute noch im Bett."

„Schade. Sag mal, hast du eigentlich den Wein besorgt?"

So ein Mist! Den Wein hatte er tatsächlich vergessen. Die hübsche Apothekerin hatte ihn so durcheinandergebracht, dass er daran nicht mehr gedacht hatte. „Noch nicht", rief er zurück. „Das mache ich gleich noch, bevor ich mich wieder aufs Ohr haue."

„Alles klar, vergiss es bloß nicht wieder. Bis später!", rief Sigi noch, bevor er mit seinen schweren Skistiefeln aus dem Zimmer stapfte.

Daniel war wieder alleine. Die Tabletten begannen langsam zu wirken, sein Kopf fühlte sich angenehm schwer an, und seine Beine bewegten sich ganz mechanisch, als er in seine Schuhe schlüpfte. Nur noch schnell zwei Flaschen Cabernet aus dem Supermarkt holen, dann konnte er sich wieder hinlegen.

Dies war schnell erledigt, und er hatte nur ganz kurz ein schlechtes Gewissen, als er damit an der Apotheke vorbeiging. Aber hey, er hatte den Wein ja nur gekauft, um ihn zu verschenken.

Den Rest des Tages verschlief er. Die Medikamente wirkten insofern, dass er schlafen konnte. Als Sigi am frühen Abend von der Piste zurückkam, fühlte sich Daniel ausgeruht, und sein Magen hatte ihm kaum Probleme bereitet. Die Krankheit schien wirklich langsam abzuklingen. Als er sich für das Weihnachtsessen bei den Frauen anzog, fühlte er sich so frisch, wie er sich in diesem Urlaub noch nie gefühlt hatte. Er betrachtete sich im Spiegel: Das hellblaue Hemd war sauber und hatte die Reise im Koffer mehr oder weniger faltenfrei überstanden. Die schwarze Jeans war zwar nicht so festlich, doch das ging in Ordnung.

Im Spiegel sah er, wie Sigi sich mit den Knöpfen seines Hemds abmühte. Offensichtlich hatte er schon ein paar Biere Vorsprung. Vorglühen nannte er das immer. Wenn Daniel dabei mitgemacht hatte, fand er es jeweils lustig, jetzt aber war es ihm eher peinlich. Irgendwie war es nicht in Ordnung, bereits halb angetrunken zu einer schönen Einladung zu erscheinen. Obwohl er natürlich nicht wissen konnte, ob die Mädchen vielleicht auch schon vorgeglüht hatten. Er kannte sie ja noch gar nicht.

Kurze Zeit später saßen sie im Taxi. Sigi hatte seine Bierfahne mit Mundwasser und einem kräftigen Schuss Davidoff Cool Water überlagert.

Die beiden Frauen wohnten wirklich weitab vom Rest der Welt. Hier im hintersten Winkel des Tals fuhr das Taxi erst durch einen dichten Wald und danach noch ein gutes Stück durch die schneeweiße Einöde bergauf, bis es an einer einfachen, kleinen Behausung hielt, die mehr wie eine Alphütte als wie ein richtiges Haus aussah.

Daniel fröstelte, nicht nur von der Kälte. Wie sollten sie hier wieder wegkommen? Ob der Taxifahrer wirklich noch einmal diesen Weg auf sich nehmen würde? Nun, bestimmt konnten sie auch hier übernachten. Vermutlich war dies von Sigi längst so arrangiert. Trotzdem blickte Daniel dem davonfahrenden Taxi hinterher und wünschte sich, er säße darin. Etwas an dieser einsamen Hütte war ihm unheimlich, wenn er auch nicht sagen konnte, was.

Dann ging die Türe auf, und alle seine Bedenken waren zerstreut. Vor ihnen standen die zwei schönsten Frauen, die er je gesehen hatte: eine Blondine, die sich als Heidi vorstellte, und eine

Rothaarige mit neckischen Sommersprossen um die Nase, die Denise hieß.

Kein Wunder, dass Sigi so hin und weg gewesen war. Er liebte rothaarige Frauen.

Denise verschwand gleich wieder, meinte, sie hätte noch viel in der Küche zu tun.

Heidi bat die beiden Männer ins Haus, half ihnen aus den Mänteln und brachte sie ins Wohnzimmer, wo es erstmal einen Aperitif gab.

Sie schenkte großzügig von dem Champagner ein, und Daniel gab sich redlich Mühe, zu widerstehen. Die Erinnerung an die letzten beiden Tage half ihm dabei; und wenn es ganz schwierig wurde, dachte er an die wundervollen Lachfalten der Apothekerin. Wenn er jetzt Alkohol trinken würde, wäre dies, wie die Frau zu betrügen, bevor er sie richtig kennengelernt hätte. In gewissem Sinne war dies natürlich Unsinn, doch auf einer anderen Ebene fühlte es sich richtig an. Er hatte sich doch nicht etwa verliebt? So war das nicht geplant mit diesem Urlaub. Spaß und ungezwungener Sex bis ins neue

Jahr, so war es gedacht. Da hatte Verliebtheit keinen Platz, zumal die Dame mehr als drei Stunden von ihm weg wohnte. Aber sie hatte eben doch etwas Besonderes.

„Hallo?", drang plötzlich Heidis Stimme zu ihm durch. „Bist du noch da?"

„Was?"

„Wie wär's mit einem Cüpli, habe ich gefragt."

„Entschuldige, ich war grad mit den Gedanken ganz woanders. Ich darf im Moment keinen Alkohol trinken wegen der Medikamente."

„Ach komm, ein Gläschen Champagner ist ja auch nicht wirklich Alkohol. Verlangt ja keiner, dass du mehr trinkst. Aber ein Gläschen zum Anstoßen wirst du mir doch nicht abschlagen wollen?"

'Ohne Alkohol leben Sie wirklich länger', hörte er wieder seine Lieblingsapothekerin. Herrje, er kannte noch nicht mal ihren Namen.

„Erde an Daniel!", rief Heidi wieder in seinen Gedankengang hinein.

„Danke, ich verzichte lieber. Ist besser für die Gesundheit." Nach einem Seitenblick auf Sigi fügte er hinzu: „Und er trinkt ja eigentlich genug für uns beide."

Sigi lag schon mehr auf dem Sofa, statt zu sitzen. Das passte so gar nicht zu ihm. Normalerweise vertrug er deutlich mehr. Aber er hatte ja auch schon vorgeglüht.

Daniel setzt sich zu ihm auf das weiche Ledersofa, wo er sofort einsank wie in einen Sack voll Daunen. Kein Wunder, dass Sigi kaum noch aufrecht sitzen konnte. Das Sofa schien sie mit Haut und Haar verschlingen zu wollen.

„Macht es euch nur schön bequem, ich schaue kurz, ob Denise in der Küche noch Hilfe braucht", meinte Heidi, stellte die fast leere Champagnerflasche auf den gläsernen Couchtisch und verschwand.

„Hey, Mann", sagte er, „halt dich etwas zurück, sonst erlebst du das Essen am Ende gar nicht mehr."

Ach w-w-was", lallte Sigi. „D-d-das g-geht schon."

„Wie lange hast du denn vorgeglüht?"
„N-nur s-wei Bier und einnn Schnäpschen."

„Hör doch auf. Das würde dir doch nie so zusetzen. Was denn noch? Irgendwelche Drogen?"

„N-n-nein!"

Da stimmte etwas nicht. Eigentlich log Sigi nie, wenn es um seine Getränke ging. Ganz im Gegenteil! Normalerweise war er stolz darauf, was er alles vertrug. Dass er von zwei Bier, einem Schnaps und ein paar Gläsern Champagner so schlecht beisammen war, hatte Daniel noch nie erlebt, dabei zogen sie nun doch schon seit ein paar Jahren gemeinsam um die Häuser und durch die verschiedenen Bars.

„Jetzwodussagst", nuschelte Sigi, „da stimmt tatsächlich etwas nicht. Mein Glas ischt nämlich schon wieder leer." Damit nahm er die Champagnerflasche und trank sie direkt aus, ohne sich die Mühe zu machen, deren Inhalt zuerst in sein Glas zu füllen.

„Jetzischbesser", meinte er, als er die Flasche abgesetzt hatte.

„Gar nichts ist besser. Ich hol dir erstmal ein Glas Wasser, damit du wieder zu dir kommst", meinte Daniel und machte sich auf die Suche nach der Küche.

Als er leise Stimmen hörte, öffnete er die entsprechende Türe und erstarrte bei dem Anblick. Da standen die beiden Frauen am Herd. Die Rothaarige, Denise, tranchierte gerade den Braten. An dem Fuß, der ebenfalls schön knusprig war, erkannte Daniel eindeutig, dass es sich um einen *menschlichen* Unterschenkel handelte!

„Mein Gott!", schrie er starr vor Schreck.

Als Denise ihn sah, stieß sie ein unmenschliches Fauchen aus und fuhr ihre blonde Partnerin an: „Wieso steht der noch? Hast du ihm nichts zu trinken gegeben? Los, schnapp ihn dir!"

Er drehte sich um und lief los. Er musste Sigi mitnehmen, und dann nichts wie weg hier. Die beiden Frauen waren offensichtlich verrückt.

„Schnell, steh auf!", fuhr er Sigi an. „Wir müssen hier weg."

Doch Sigi lag wie tot auf dem Sofa. Hatten sie ihn vielleicht vergiftet? Bestimmt mit dem Champagner! Ein Glück, dass er selbst nichts davon getrunken hatte.

Heidi tauchte jetzt hinter ihm auf, in der Hand ein großes Küchenmesser, das keine Zweifel an ihrer Absicht aufkommen ließ. „Hättest du doch nur von dem Schampus getrunken, dann müssten wir das jetzt nicht auf die grobe Tour machen."

Daniel fühlte sich wie eine Maus, die von einer Kobra überrascht worden war. Eine Bewegung, und sie würde zustoßen. Wie angewurzelt stand er da, blickte in Heidis kalte, irre Augen. Was sollte er nur tun?

Wenn er Sigi mitschleifen müsste, hätte er keine Chance, aber seinen Freund hier zurücklassen? Im Haus dieser beiden Irren?

Heidi hatte sich jetzt in Bewegung gesetzt, kam langsam auf ihn zu. Es wurde Zeit, eine Entscheidung zu treffen. Sein Blick huschte zwischen dem betäubten Sigi und der Verrückten mit dem Messer hin und her.

Als Heidi mit einem irren Schrei auf ihn losstürmte, drehte er sich einfach nur um und lief. Raus aus diesem Haus! Nur weg von diesen irren Menschenfresserinnen.

Ohne Jacke, ohne Schuhe stürmte er aus dem Haus. Dass der eisige Schnee Klumpen an seinen Socken bildete und schon bald zu heftigen Erfrierungen führen würde, daran konnte Daniel in diesem Moment nicht denken.

Er blickte über die Schulter. Dort stand Heidi im Türrahmen, das Messer erhoben und schrie etwas, das er nicht verstand. Aber offensichtlich wollte sie ihm nicht folgen. Was, wenn sie jetzt einfach wieder ins Haus ging und sich auf Sigi stürzte?

Daniel wurde langsamer. Konnte er wirklich alleine fliehen? In Socken? Wie lange würde es dauern, bis seine Füße komplett erfroren wären?

Die Fahrt im Taxi hatte ganz schön lange gedauert. Natürlich war der Fahrer durch den tiefen Schnee nur langsam gefahren, aber dennoch war es ein ganzes Stück Weg bis ins Dorf, den Daniel jetzt zu Fuß zurücklegen musste.

Er lief, damit seine Füße warm blieben. Schon bald spürte er nichts mehr von der Kälte, es schien also zu funktionieren. Oder aber die Füße waren schon so stark gefroren, dass er dort überhaupt keine Empfindungen mehr hatte.

Es war wirklich eine dumme Idee gewesen, in Socken loszulaufen. Er hätte ja wenigstens seine Schuhe mitnehmen können, bis er weit genug von der Hütte weg war.

Er verfluchte sich selbst wegen seiner Unachtsamkeit, als er hinter sich den Motor eines Wagens hörte. So ein Mist. Die Frauen verfolgten ihn mit dem Auto. Da würde er nie davonkommen.

Er schlug sich seitlich in die Büsche, immer talabwärts, dem Dorf entgegen. Darauf hätte er eigentlich längst kommen können. Der direkte Weg durch den Wald wäre viel kürzer als der lange Weg der Straße entlang, die sich über mehrere Serpentinen talabwärts wand.

Und so würde er mit etwas Glück auch den beiden Frauen entgehen, die in ihrem Auto an die Straße gebunden waren.

Er atmete etwas auf. Es konnte klappen, wenn er aufpasste. Gerade waren die beiden an ihm vorbeigefahren. Er hatte sich im Schatten einer Lärche versteckt und überquerte hinter ihnen die Straße, um das nächste steile Stück anzugehen.

Mittlerweile kam er deutlich schneller voran, und schon bald hatte er das Dorf erreicht, ohne von den Frauen entdeckt zu werden. Er suchte den Polizeiposten, traf dort aber niemanden an; nur eine Tafel mit einer Telefonnummer für Notfälle.

Er zückte sein Handy und wählte die Nummer. Der Beamte war freundlich und versuchte ihn zu beruhigen.

„Ich will mich aber nicht beruhigen!", schrie er den Mann an. „Mein Freund wird von diesen He-

xen abgeschlachtet und gefressen!"
Dies brachte auch den ruhigsten Polizisten aus der
Ruhe. Der Beamte am Telefon schluckte hörbar
und stammelte etwas davon, dass er bereits einen
Streifenwagen losgeschickt hätte – und sicherheits-
halber auch gleich eine Ambulanz. Die Polizei würde ihn so bald als möglich im Hotel abholen, damit
er ihnen den Weg zur Hütte der beiden Frauen
zeigen konnte.

Seine gefrorenen Füße waren inzwischen komplett gefühllos, während er den kurzen Weg bis
zum Hotel zurücklegte. In der Lobby erregte er
kurz die Aufmerksamkeit des Portiers, als er in
Socken zur Tür hereinspazierte. Er hinterließ nasse
Abdrücke auf dem weichen Teppich, als er zum
Fahrstuhl ging. Sobald er auf dem Zimmer war,
kümmerte er sich um seine halb erfrorenen Füße.
Einige Zehen waren bereits dunkel angelaufen. Er
hatte einmal gelesen, dass ein Fußbad in kaltem
Wasser helfen könne, aber als er das versuchte,
brannten seine Füße, als ob sie kochten.

Er verzichtete darauf, sich selbst weitere Schmerzen zuzufügen, und schlüpfte in seine warmen Wollsocken, die er extra zum Skifahren gekauft hatte. Das brachte zwar keine wirkliche Linderung für seine Füße, aber immerhin gab es ihm sonst ein etwas besseres Gefühl.

Ganz, ganz vorsichtig zog er sich seine Sportschuhe an. Ein Glück, dass er die mitgenommen hatte.

Dann klopfte es an der Türe. Die Polizei war endlich da und holte ihn ab. Zum zweiten Mal an diesem Abend wurde er zu dieser Hütte hinaufgefahren. Allerdings musste er diesmal im Wagen warten. Als Sigi auf einer Bahre aus der Hütte getragen wurde, ging er zu ihm. Es schien ihm äußerlich nichts zu fehlen, alle Teile seines Körpers schienen noch an ihrem Platz zu sein. Trotzdem wurde er in die Ambulanz verfrachtet. Daniel sollte mit ins Krankenhaus fahren und musste noch während der Fahrt aufzählen, was Sigi alles getrunken hatte – und ob er darüber hinaus Drogen oder Medikamente schluckte.

Die Nachricht von den beiden verrückten Kannibalinnen verbreitete sich wie ein Lauffeuer im ganzen Tal. Offenbar gingen mindestens zwei vermisste Personen auf ihr Konto. Sigi und Daniel hätten die nächsten Opfer sein sollen. Je länger die Geschichte kursierte, desto schauriger wurden die Details, die die Runde machten. Schon bald wusste eigentlich niemand mehr, was wahr und was erfunden war.

Für Sigi und Daniel spielte dies keine Rolle mehr. Sie hatten genug vom Skiurlaub, hatten zusammengepackt und sich auf den Heimweg gemacht. Als sie im Taxi auf dem Weg zum Bahnhof waren, ließ Daniel es vor der Apotheke kurz anhalten.

Er ging hinein und sagte zu seiner Lieblingsapothekerin: „Sie hatten Recht, ohne Alkohol lebt man länger.“

Die Frau im Fluss

Als Robert nach der Weihnachtsfeier im Betrieb nach Hause kam, hätte er eigentlich fröhlich sein sollen. Allerdings war der letzte Arbeitstag in diesem Jahr noch einmal so richtig danebengegangen. Der provisorische Abschluss sah schlecht aus. Wenn nicht noch ein Wunder geschah, würde die Firma vielleicht noch zwei Monate durchhalten, und dann könnte er die Löhne nicht mehr bezahlen.

Die gemütliche Vier-Zimmer-Wohnung könnte er sich dann auch nicht mehr leisten. Wozu sollte er sich eigentlich noch abmühen?

Er setzte sich auf das Ledersofa und schaltete den Fernseher ein. Er zappte eine Weile durch die Programme, bis er genug von den schlechten Nachrichten und den seichten Filmen gesehen hatte. Nein, heute würde ihn das Fernsehen nicht entspannen, sondern höchstens noch mehr aufregen.

Vielleicht sollte er sich einen Cognac gönnen? Er ging hinüber zur Bar und goss sich großzügig ein.

Es half zwar auch nichts, aber wenigstens schmeckte der Cognac ganz ausgezeichnet.

Er sah auf seine Finger, die das Glas hielten. Schöne, gepflegte Hände, nicht so wie früher, als er noch selbst auf der Baustelle angepackt hatte. Damals hatte er sich immer wieder Schrammen geholt, aber heute saß er ja nur noch im Büro.

Aber wie lange noch?

Die Türglocke riss ihn unsanft aus seinen trüben Gedanken. Einen Moment lang glaubte er, er hätte sich das nur eingebildet, doch nachdem es zum zweiten Mal läutete, setzte er sich in Bewegung.

Wer mochte es wohl sein? Er erwartete niemanden. Wer sollte ihn auch besuchen?

Durch den Türspion sah er einen grauhaarigen Mann, das Haar kurz und gepflegt. Er trug einen dunklen Anzug und darunter ein blütenweißes

Hemd mit einer gelben Krawatte. Irgendwie kam ihm dieser Mann bekannt vor.

Das kleine Bild im Türspion verzerrte sich, dann klingelte es noch einmal.

Robert öffnete und fragte: „Ja, bitte?"

„Robert? Erinnerst du dich nicht mehr an mich? Ich bin's, Daniel Frischknecht!"

Einen Moment lang verschwamm die Welt vor Roberts Augen. Ausgerechnet Daniel Frischknecht musste hier auftauchen. Das konnte nichts Gutes bedeuten.

„Was?", lärmte dieser. „Erkennst du deinen alten Freund nicht mehr? Willst du mich nicht hereinbitten?"

Sprachlos trat Robert einen Schritt zur Seite und machte den Weg frei.

Daniel klopfte ihm so hart auf die Schulter, dass er etwas von dem Cognac verschüttete, den er immer noch in der Hand hielt. „Na, ein bisschen mehr Freude könntest du mir schon entgegenbringen, oder?"

„Was willst du hier?", fragte er mit leiser Stimme.

Daniel stapfte in die Wohnung und ging zur Bar, wo er sich ganz selbstverständlich selbst bediente. „Zunächst mal einen Schluck von diesem Cognac. Und dann sollten wir uns auf Sofa setzen. Ich wollte dir etwas zeigen."

Robert folgte Daniels Anweisungen wie in Trance. So war das früher schon gewesen. Schon in der Schule hatte Daniel kommandiert, und Robert hatte ihm gehorcht wie ein Roboter. Nichts schien sich seither verändert zu haben.

Daniel ließ sich auf das Ledersofa fallen und knallte seine Schuhe auf den Couchtisch, dass die Glasplatte schepperte, als ob sie gleich in tausend Teile zersplittern würde. Dann holte er aus der Innentasche seines Anzugs ein altes, vergilbtes Stück Papier hervor und streckte es Robert entgegen, der es ganz mechanisch in Empfang nahm.

Er brauchte es nicht einmal zu lesen, um zu wissen, worum es sich dabei handelte: nämlich um den Schuldschein, den er damals unterschrieben hatte, als ihm für die Firmengründung noch Zwanzigtausend gefehlt hatten.

„Aber …", stammelte er. „Das habe ich dir doch längst zurückgegeben."

Daniel lachte schallend. „Mag sein! Aber du hast vergessen, den Schuldschein zurückzuverlangen. Solange der mir gehört, schuldest du mir die Zwanzigtausend."

Robert versuchte sich zu erinnern. Damals hatte er noch in einer einfachen Zwei-Zimmer-Wohnung gelebt. Sein Sofa war nicht aus edlem Nappaleder, sondern ein altes, abgenutztes Stoffsofa aus dem Brockenhaus.

„Du hattest den Schuldschein nicht dabei, als ich dir das Geld zurückgab. Du hattest mir versprochen, du würdest ihn vernichten."

Wieder lachte Daniel. „Ja, du warst schon in der Schule immer sehr vertrauensselig." Dann wurde er schlagartig ernst. „Wie auch immer, ich habe hier einen Schuldschein, und wenn wir die vereinbarten Zinsen bis heute aufrechnen, bekomme ich von dir ziemlich genau fünfzigtausend Franken. Ich gebe dir Zeit bis Ende Jahr, um das Geld zu besorgen."

Er drückte Robert seinen halb ausgetrunkenen Cognac in die andere Hand und stapfte davon.

Bei der Türe drehte er sich noch einmal um: „Und wage es nicht, mir ohne Geld wieder unter die Augen zu treten."

Robert saß da wie ein begossener Pudel. Seine Hände zitterten so stark, dass die goldene Flüssigkeit in den Gläsern überschwappte und hässliche Flecken auf seiner Hose hinterließ.

Sein Kopf fühlte sich an, als ob er mit Watte gefüllt wäre. Das Denken fiel ihm schwer. Ganz automatisch stellte er die Gläser auf den Tisch, stand auf und ging in die Küche, um die Flecken auszuwaschen. Warum brach jetzt auf einmal seine ganze Welt zusammen? Was hatte er getan, dass er so etwas verdient hatte? Er hatte doch nur vertraut. Das konnte doch nichts Schlechtes sein.

Fünfzigtausend! Das war der Betrag, der gerade noch auf seinem Firmenkonto lag. Den hatte er vorgesehen für die nächsten Monatslöhne.

Er musste hinaus an die frische Luft. Er hielt es hier nicht mehr aus. Ein Spaziergang würde ihm helfen, Klarheit zu gewinnen und eine Idee zu entwickeln, wie er dieses Problem lösen konnte. Dies hatte bisher immer geklappt. Schnell schlüpfte er in den warmen Mantel, in die dicken Wanderschuhe und schnappte sich Schal und Mütze.

Er schlenderte ziellos durch die nächtlichen Straßen. Menschen waren kaum unterwegs. Durch die hell erleuchteten Fenster der Häuser sah er Familien, die gemeinsam beim Essen saßen, andere scharten sich um den geschmückten Weihnachtsbaum, in manchen Wohnungen flimmerte das typische blaue Licht des Fernsehers. Alle genossen die friedliche Stimmung. Vielleicht wussten sie nicht einmal, wie gut sie es hatten?

Eine halbe Stunde lang war er ziellos durch die kalten, dunklen Straßen und Gassen gegangen und hatte über seine Geldsorgen nachgedacht. Jetzt stand er auf der großen, geschwungenen Brücke und blickte hinab in den Fluss, der träge dahinfloss. Kleine Eisschollen trieben in der Strömung, die Uferböschung war schneebedeckt. Das Wasser musste sehr kalt sein.

Einen Moment lang dachte er darüber nach, direkt vom Brückengeländer zu springen, doch dafür reichte sein Mut einfach nicht aus. Er würde sich lieber eine Stelle am Ufer suchen, wo er in die eisigen Fluten steigen und dann ganz langsam seinem Ende entgegentreiben konnte.

Ob er Schmerz spüren würde, wenn die Kälte des Wassers seinen Körper so lang abkühlte, bis sein Herz einfach abstellte? Würde er es noch spüren, wenn das eisige Wasser in seine Lungen strömte?

Mit hängendem Kopf schlurfte er zum Ende der Brücke, wo ein schmaler Pfad hinab zum Flussufer führte.

Es war schwierig, auf dem hart gefrorenen Boden zu gehen. Seine schweren Wanderschuhe hatten zwar ein griffiges Profil, doch selbst damit rutschte er auf dem vereisten Erdreich immer wieder aus. Es wäre eine Ironie des Schicksals, wenn er sich auf dem Weg zu seinem Selbstmord den Knöchel brechen würde und den Fluss deswegen gar nicht erreichte.

Auf dem Hosenboden rutschend kam er schließlich heil unten an, dort wo das Wasser eisig kalt am steinernen Ufer vorbeiströmte. Fleißige Hände hatten vor vielen Jahren diese Uferböschung befestigt und den Fluss in sein Bett gezwängt – große Steine, zwischen denen Gräser wuchsen und die im Sommer Unterkunft für allerlei Getier boten. Jetzt im tiefen Winter wuselte höchstens mal eine Ratte vorbei, doch selbst diese Tiere schienen sich vor der eisigen Kälte versteckt zu haben.

Robert fragte sich, ob es wirklich keine andere Lösung gab. Aber diese Frage hatte er sich schon so oft gestellt. Er konnte dieses Geld unmöglich auftreiben, ohne sein Geschäft finanziell zu ruinieren.

In der Ferne sah er die Lichter der Stadt, wo jetzt viele Familien Heiligabend feierten, Geschenke verteilten und gemeinsam Weihnachtslieder sangen. Tränen kullerten über seine Wangen bei dem Gedanken daran, wie die Männer aus seinem Betrieb ihren Kindern Geschenke überreichten, die sie sich eigentlich gar nicht mehr leisten konnten. Männer, die ihre Stelle verlieren würden, es aber noch nicht wussten. Männer, die ihren Frauen vielleicht einen schönen Ring oder eine teure Uhr unter den Weihnachtsbaum gelegt hatten in der Annahme, dass auch in Zukunft regelmäßig der Lohn auf dem Konto eintraf.

Spätestens in einem Monat, wenn die nächsten Löhne fällig wären, müsste er seinen Mitarbeitern reinen Wein einschenken. Sein Traum vom eigenen Unternehmen war geplatzt, sein Lebenswerk ging Konkurs. Da konnte er nichts mehr dagegen tun. Er würde den Menschen, die für ihn gearbeitet hatten, erklären müssen, dass er ihre Löhne nicht mehr bezahlen könnte. Mit dieser Schande wollte er keinesfalls weiterleben.

Die Lichter der Stadt verschwammen vor seinen Augen, als diese sich mit Tränen füllten.

Langsam ging er auf den Fluss zu, machte die ersten zaghaften Schritte ins kalte Wasser. Und wie kalt es war! Sobald das Wasser seine Knöchel umspülte und in die wasserfesten Wanderstiefel eindrang, konnte Robert sich nicht mehr bewegen. Derart kalt hatte er es sich nicht vorgestellt!

Sofort sprang er wieder hinaus. Mit nassen, kalten Füssen stand er da und starrte auf den Fluss, der gleichgültig weiterströmte. Es brauchte eine Menge Mut, in diese eisigen Fluten zu steigen. Ob er wirklich genügend Mut aufbringen würde? Er dachte an Daniel und die Fünfzigtausend, die er ihm noch vor Jahresende bringen sollte. Dies reichte, um seinen Entschluss wieder stärker werden zu lassen.

Erneut stieg er langsam ins Wasser. Diesmal fühlte es sich nicht mehr ganz so kalt an. Seine Füße waren wohl schon taub vom ersten Versuch. Zaghaft ging er noch einen Schritt weiter. Die Kälte kroch höher, über seine Waden, die sich sofort verkrampften. Jetzt stand er bis zu den Knien im eisigen Fluss. Noch ein letzter Sprung, und er wäre seine Sorgen für immer los.

Er atmete noch einmal tief ein, und im selben Augenblick sah er ein bläuliches Leuchten aus der Tiefe des Flusses. Was war das? Neugierig beugte er sich vor, so weit, dass er beinahe ins Wasser gestürzt wäre. Woher kam dieses Leuchten?

Und es wurde heller, als ob eine Lampe aus großer Tiefe auftauchen würde. Wie tief war eigentlich der Fluss hier? Fünf Meter? Zehn? Zwanzig? Er wusste es nicht.

Als das Licht die Oberfläche durchstieß, veränderte sich die Farbe zu einem hellen Weiß, und Robert staunte nicht schlecht, als das Leuchten sich als Frau entpuppte. Eine Frau mit langen weißen Haaren, einem einfachen weißen Kleid, das aussah wie ein Nachthemd. Ihre Haut war ganz hell, als ob sie seit langer Zeit im Wasser lag.

„Bist du ein Engel?", fragte Robert ganz automatisch. „Bin ich schon tot?"

Sie kam langsam auf ihn zu, sagte aber nichts.

Robert wich zurück, bemerkte gar nicht, wie seine tauben Füße über einen Stein rutschten. Erst als er hart auf einen Felsen am Ufer fiel, spürte er den Schmerz.

Er rappelte sich hoch, ohne die Frau aus den Augen zu lassen. Sie kam immer noch langsam auf ihn zu, doch ohne sich zu bewegen. Sie schien einfach aufrecht auf ihn zuzuschweben. Dann lächelte sie und Ihr Lächeln strahlte eine unendliche Ruhe aus. „Ich bin kein Engel. Und du bist nicht tot.“

Jetzt kam sie ganz aus dem Wasser heraus, streckte Robert die Hand entgegen.

„Ich bin Lorina, die Königin des Flusses“, sagte sie. „Was treibt dich denn hier ins Wasser?“

„Ich weiß keinen anderen Ausweg mehr. Ich habe alles verloren, was ich habe, und wenn ich jetzt auch noch mein Geschäft aufgeben muss, verliere ich auch noch meine Würde. Ich kann meinen Angestellten nicht mehr in die Augen sehen.“

Lorina legte ihre Arme um seine Hals und drückte ihn an sich. Obwohl er keine Berührung spürte, fühlte er eine außergewöhnliche Wärme, die durch seinen Körper strömte. So musste es sich anfühlen, von der Sonne umarmt zu werden.

„Wie kann ich dir helfen?“, fragte sie mit ihrer sanften, beruhigenden Stimme.

Robert schüttelte den Kopf. „Mir kann niemand mehr helfen. Außer natürlich, wenn du mir die fünfzigtausend Franken schenken würdest, die ich Daniel schulde."

„Im Fluss haben wir natürlich kein Geld, außer den paar Münzen, die manchmal von Menschen hineingeworfen werden."

„Das dachte ich mir schon. Dann lass mich wenigstens jetzt meinem Leben ein Ende machen."

„Das werde ich nicht tun. In meinem Fluss soll sich niemand selbst töten. Aber ich hätte da etwas, das dir vielleicht helfen könnte." Sie ließ ihn los und tauchte wieder in den Fluss.

Die Kälte der Nacht kam schlagartig zurück, als sie im Fluss verschwand. Seine nassen, kalten Füße brannten wie Feuer. Er schlotterte am ganzen Körper, konnte sich nicht mehr auf den Beinen halten, sondern setzte sich auf den eisigen Boden und schlang die Arme um die Knie, um wenigstens ein bisschen Wärme bei sich zu behalten.

Er starrte auf die Stelle, an der Lorina im Fluss verschwunden war. War dies wirklich passiert, oder war es nur eine Vision? Ein Fiebertraum?

'Ich kann mich nicht mal in Würde umbringen', dachte er. 'Selbst dazu tauge ich nicht.'

In diesem Moment breitete sich wieder dieses Licht auf der Oberfläche des Flusses aus, wurde größer und heller, bis Lorina aus den Tiefen auftauchte und mit ihrem Leuchten wieder eine gewisse Wärme und einen Funken Hoffnung verbreitete.

Sie setzte sich neben ihn und hielt ihm ihre Faust entgegen. Wasser tropfte zwischen den Fingern heraus. „Vielleicht hilft dir das."

Robert war bereit, sich an jeden Strohhalm zu klammern, darum hielt er die offene Hand unter ihre Faust, um anzunehmen, was auch immer sie ihm geben wollte.

Es fühlte sich an wie Kieselsteine aus dem Fluss, doch beim genaueren Hinsehen traute er seinen Augen kaum. „Das sind doch bestimmt keine echten Diamanten, oder?"

„Dies müsste reichen, um deine Schulden zu begleichen, oder?"

„Und die schenkst du mir einfach so?" Er konnte sein Glück kaum fassen.

„Ja. Die gehören jetzt dir. Aber du musst jetzt gehen. Und du darfst nie wieder herkommen." Sie zog ihn auf die Füße und führte ihn weg vom Fluss, hin zu dem Weg, auf dem er heruntergekommen war. „Du musst jetzt gehen."

Robert steckte die Diamanten in die Jackentasche und vergewisserte sich, dass der Reißverschluss auch wirklich geschlossen war. Dann krabbelte er auf Händen und Knien die eisige Böschung hinauf. Als er oben angekommen war und noch einmal zurückblickte, war von Lorina nichts mehr zu sehen. Ganz automatisch tastete er durch den Stoff seiner Jacke, ob die kleinen, glitzernden Diamanten tatsächlich noch drin waren. Er spürte sie ganz deutlich.

Den Weg nach Hause ging er wie in Trance, halb rennend, halb gehend. Er achtete nicht auf seine schmerzenden Füße oder die Kälte, die ihn fest im Griff hatte. Er wollte einfach nur nach

Hause und herausfinden, was seine Diamanten wohl wert seien.

Daheim streifte er die nassen Kleider ab und schlüpfte in seine bequemen Jogginghosen. Seine Zehen waren blau angelaufen, seine Füße leuchteten knallrot. Darum würde er sich später kümmern, fürs Erste mussten dicke Wollsocken reichen.

Er legte die Diamanten auf den Tisch und betrachtete sie im grellen Licht der Küchenlampe. Es waren dreißig Stück, allesamt in einer wunderbaren Reinheit, die herrlichen Schmuck ergeben würden. Im Internet fand er schnell heraus, dass dafür gute Preise zu erzielen seien. Das wäre wohl die Lösung seiner Geldprobleme.

Er rief Daniel an und bat ihn, sofort zu ihm zu kommen, damit er ihm ein Angebot machen konnte.

Daniel lachte zwar spöttisch, versprach aber zu kommen.

Jetzt hatte er Zeit, sich um seine schmerzenden Füße zu kümmern. An den Zehen hatten sich Blasen gebildet. Ein warmes Fußbad würde bestimmt Linderung bringen.

Bis Daniel kam, war der Schmerz bereits abgeklungen, trotzdem würden seine Füße wohl noch einige Zeit brauchen, um sich ganz davon zu erholen.

Als er Daniel die Diamanten zeigte, war dieser begeistert. Er bestand darauf, diese zur Begleichung der Schuld anzunehmen. Bestimmt glaubte er, dass sie deutlich mehr als fünfzigtausend Franken wert seien. Das sollte Robert recht sein. Sollte Daniel doch etwas verdienen damit, Hauptsache, er selbst wäre seine Schulden los und könnte seine Firma retten.

Diesmal dachte Robert daran, den Schuldschein zu verlangen. Er ging zum Waschbecken in der Küche, wo er ihn voller Freude verbrannte. Ein herrliches Gefühl zu sehen, wie diese große Last sich in Rauch auflöste. Dann brachte er Daniel zur Tür und hoffte, dass er dessen spöttisches Grinsen nie wiedersehen musste.

So gut wie in dieser Nacht hatte Robert schon lange nicht mehr geschlafen, trotz seiner beinahe erfrorenen Zehen. Er hatte noch eine Chance erhalten, seine Firma zu retten, und war guter Dinge, als am nächsten Morgen das Telefon läutete.

„Wie hast du das gemacht?", schrie ihn Daniel an.

„Was gemacht?"

„Die Diamanten! Sie haben sich in ganz gewöhnliche Kieselsteine verwandelt!"

„Was? Hör doch auf! Wir haben sie doch gemeinsam angesehen und bewertet."

Es knackte in der Leitung, als Daniel die Verbindung abbrach. Robert dachte an sein Erlebnis beim Fluss. Wie gerne hätte er sich bei Lorina bedankt, aber sie hatte ihm ausdrücklich verboten, noch einmal an den Platz unter der Brücke zurückzukommen. Er wollte sein Glück nicht herausfordern, indem er sich gegen die Anweisung der Königin des Flusses stellte.

Weihnachten bei den Meiers

Seit sie die Grenze zur Schweiz passiert hatten, führte die Straße in engen Kurven mal aufwärts, dann wieder hinab. Frank hatte absichtlich eine Route gewählt, die ihn quer durchs Appenzellerland nach Wattwil führen würde. Er hatte gehört, dass diese Landschaft wirklich sehenswert sei.

Aus dem Radio erklang bereits zum dritten Mal seit heute Morgen „Last Christmas" von Wham, während Frank noch darüber nachdachte, was der Moderator wohl gesagt hatte in dieser Sprache, die fast wie Deutsch klang. Obwohl er sich eigentlich auf weiße Weihnachten gefreut hatte, war er jetzt froh, dass Eis und Schnee geschmolzen waren.

Am Horizont vor ihm konnte er die verschneiten Gipfel des Alpsteins erkennen, den Säntis mit dem weithin sichtbaren Antennenturm, der wie eine Nadel in den stahlblauen Himmel stach.

Frank war in Hamburg aufgewachsen und kannte Berge nur aus dem Fernsehen. Nicht so wie

Brigitte, die aus München stammte und ihm während des Studiums in Hamburg den Kopf verdreht hatte. Seither lebten sie in einem Vorstadthäuschen eine halbe Stunde vom Stadtzentrum entfernt. Frank war selbstständiger Webdesigner, und sie arbeitete als Lektorin in einem großen Hamburger Verlagshaus.

Im letzten Urlaub auf Mallorca hatten sie dann ein Schweizer Paar kennengelernt, Kurt und Verena Federer. Diese hatten ihnen vorgeschwärmt, wie schön ihre Heimat sei und dass sie sie unbedingt einmal besuchen müssten.

Sie hatten den Heiligen Abend mit Brigittes Eltern in München verbracht und waren jetzt auf dem Weg zu den Federers in Wattwil.

„Folgen Sie dem Verlauf der Straße für vier Kilometer", sagte die ruhige Frauenstimme aus dem Navi. Im Radio plapperte ein Moderator in einem unverständlichen Schweizer Dialekt.

„Sag mal, verstehst du, was der sagt?", fragte er Brigitte.

„Teilweise. Es soll wohl ein Sturm im Anzug sein. Aber wann und wo der kommen soll, habe ich auch nicht verstanden."

Frank betrachtete den Himmel, der immer noch wolkenlos über den Bergen hing. Die Anzeige am Armaturenbrett zeigte 14 Grad Außentemperatur.

„Na, uns wird das wohl kaum treffen", sagte er.

Der Wagen schnurrte und rollte stetig ihrem Ziel entgegen. Frank lehnte sich auf dem Sitz zurück und genoss die Fahrt. Er fühlte sich wirklich wie im Urlaub: am Horizont die verschneiten Berge und vor sich das lange Band der Straße, die sich jetzt schnurgerade durch braun-grüne Wiesen zog. Wie es wohl wäre, hier zu leben? In einem einfachen Haus inmitten einer Wiese, vielleicht ein paar Ziegen im Stall, und nichts zu tun, außer das Leben zu genießen? Vielleicht könnten sie hier dereinst ihren Ruhestand verbringen?

Jetzt machte die Straße eine Biegung, direkt neben einem Haus, an dem etwas von „Geiss-Käse" stand. Die Straße führte jetzt leicht abwärts und verlief nach einer weiteren Kurve wieder schnurgerade Richtung Westen.

Jetzt war der Moment, als die erste dunkle Wolke über das Bergmassiv im Hintergrund kroch. Von da an ging es schnell. Was zunächst wie ein langsames Heransegeln wirkte, schien sich zu beschleunigen, und schon nach ein paar Minuten war von dem strahlend blauen Himmel nichts mehr zu sehen. Dunkle Wolken hingen am Himmel, die ersten Blitze zuckten und Donner krachte ohrenbetäubend.

Gerade als Frank das Ortsschild von Schönengrund hinter sich gelassen hatte, brach der Sturm so richtig los. Blitze und Donner wechselten sich in wildem Durcheinander ab. Hagel prasselte auf das Auto, innert Kürze war die Straße weiß wie nach einem Schneesturm. Glücklicherweise währte der Angriff der eisigen Kügelchen nur kurz und hinterließ keine sichtbaren Spuren an der Karosserie, doch gleich darauf prasselte der Regen, als ob im Himmel jemand einen Damm niedergerissen hätte.

Der Wind zerrte ebenfalls am Wagen, sodass Frank mit seinem Lenkrad kämpfen musste, um den Wagen auf der Straße zu halten.

„Wir sollten das Auto irgendwo unterstellen und warten, bis der Sturm weitergezogen ist", schrie Brigitte durch das Prasseln des Regens.

Er spähte hinaus in die Dunkelheit. Kein Haus war zu sehen.

Doch da, weiter vorne, bog eine schmale Straße links ab über eine kleine Holzbrücke. Soweit Frank erkennen konnte, führte jener Weg direkt in einen dichten Wald. Dort wären sie vor dem Schlimmsten geschützt. Er setzte den Blinker und dachte tatsächlich noch darüber nach, wozu er dies tat. Wer würde das sehen, hier am Ende der Welt, mitten in einem Sturm, der sich wie der Weltuntergang anfühlte?

„Du willst doch nicht etwa in den Wald fahren?", fragte Brigitte. Sie musste immer noch schreien, um sich bei dem Lärm des Sturms zu verständigen. „Ich glaube nicht, dass das eine gute Idee ist."

Wieder krachte ein Donner, und ein Blitz fuhr fast unmittelbar vor ihnen in eine Tanne. Diese zersplitterte, Äste flogen in alle Richtungen davon. Immerhin fing der Baum nicht Feuer, in diesem Regen war es wohl ausgeschlossen.

„Was, wenn uns solch eine Tanne um die Ohren fliegt, wenn wir im Wald sind?", rief Brigitte besorgt. Doch Frank ließ sich nicht von seiner Idee abbringen. Er krallte sich am Lenkrad fest, dass die Knöchel weiß hervortraten, kämpfte gegen Wind und Regen und versuchte, das Auto so gut es ging in der Spur zu halten.

Die schmale Beton-Fahrspur ging in einen Kiesweg über, der von Schlaglöchern nur so übersät war. Diese waren alle mit Wasser gefüllt, und Frank konnte kaum abschätzen, wie tief sie waren. In manchen hörte er regelrecht die Stoßdämpfer ächzen, als das Auto darüber hinweg rumpelte. Und dann hatten sie es geschafft, sie waren zwischen den Bäumen.

Frank blickte auf die Uhr am Armaturenbrett. Kaum zu glauben: Seit der Sturm begonnen hatte, waren sie noch keine Viertelstunde gefahren. Ihm war es viel länger vorgekommen. Endlich konnte er seine Handgelenke entspannen und die schmerzenden Hände ausschütteln. Der Regen prasselte immer noch wie ein Wasserfall auf sie herab und dröhnte auf dem Blechdach.

„Puh, das war ein Ritt", sagte Frank. „Nun sind wir aus dem Schlimmsten raus."

„Das glaube ich erst, wenn wir wieder auf dem Weg nach Wattwil sind", meinte Brigitte skeptisch.

Als ob sie darauf gewartet hätte, erklang die langweilige Frauenstimme aus dem Navi: „Folgen Sie dem Verlauf der Straße für zwei Kilometer."

„Siehst du", meinte Frank selbstsicher. „Wir sind immer noch richtig."

Der Weg war schmal und holprig, voller wassergefüllter Schlaglöcher, aber sie kamen voran.

Falls Franks Orientierungssinn noch einigermaßen in Ordnung war, müssten sie sich ungefähr parallel zur Hauptstraße bewegen. Die Richtung schien zu stimmen, auch wenn die Straße nun langsam aufwärts führte.

Über ihnen tobte immer noch das Gewitter, doch es wurde langsam schwächer. Die Donnerschläge knallten seltener und weniger heftig. Blitze konnte Frank nur noch manchmal im Rückspiegel aufleuchten sehen. „Das Schlimmste haben wir wohl überstanden."

„Erst wenn wir wieder auf einer richtigen Straße sind!"

„Ach, sei doch nicht so negativ. Laut Navi können wir vermutlich schon bald wieder in Richtung Hauptstraße abbiegen."

Doch bereits hinter der nächsten Kurve machte ihnen ein umgestürzter Baum die Freude wieder zunichte. Eine dicke, angekohlte Tanne lag quer über der Straße. Offensichtlich vom Blitz getroffen und umgestürzt, versperrte sie die Durchfahrt.

Frank trat auf die Bremse. „So ein Mist!"

„Und was jetzt?", wollte Brigitte wissen. „Wenden?"

Frank sah sich um. Der Weg war so schmal, dass er unmöglich wenden konnte. Wenn sie umkehren wollten, müsste er die ganze Strecke rückwärts fahren. Er hämmerte seine Faust aufs Lenkrad, dass die Hupe ein beleidigtes Quaken hören ließ. Dann legte er den Rückwärtsgang ein und fuhr langsam los.

Im Schritttempo ging es zurück, durch Schlaglöcher, aus denen kleine Wasserfontänen aufspritzten.

„Bei dem Tempo dauert es ewig, kannst du nicht irgendwo wenden?", fragte Brigitte. Ihre Geduld war inzwischen ziemlich aufgebraucht. „Oder soll ich mal versuchen?"

Frank trat auf die Bremse. „Hör mal, ich sehe doch, dass man hier nicht wenden kann. Wenn unser Auto von der Straße rutscht und im nassen

Waldboden stecken bleibt, hilft uns das auch nichts."

„War ja nur eine Frage. Ich wollte natürlich den Herrn Fahrer nicht verärgern." Das Gewitter hatte die Stimmung im Auto ebenfalls elektrisiert. Ein Funke würde genügen und der Abstecher auf den Waldweg würde in einem handfesten Streit enden.

„Dann störe mich nicht und lass mich fahren!" Wütend rammte er den Ganghebel wieder in den Rückwärtsgang und fuhr los. Dabei war er zu ruppig mit der Kupplung, sodass er den Motor abwürgte.

„Verdammt", fluchte er und betätigte den Anlasser. Sofort schnurrte der Motor wieder.

„Was ist das?", fragte Brigitte, als sich das Auto wieder nach rückwärts in Bewegung setzte.

„Was?"

„Na, die Abzweigung da hinter uns. Sind wir vorhin schon daran vorbeigekommen? Ich kann mich gar nicht daran erinnern."

Jetzt sah Frank den Weg auch. Er schien weniger benutzt zu werden als die Spur, auf der sie gefahren waren. Abgefallene Blätter vom letzten Herbst bedeckten den Boden. Doch was ihm am besten gefiel an diesem versteckten Weg, war das Schild, ein altes hölzernes Schild, das mit Moos überwachsen und an einen morschen Pfosten genagelt war. Darauf stand klar und deutlich in Großbuchstaben eingebrannt: WATTWIL. Und es war so aufgestellt, dass sie es aus ihrer vorherigen Perspektive gar nicht hätten sehen können. Ein Glück, dass sie zurückgefahren waren, sonst hätten sie es gar nie entdeckt.

„Klasse, wir haben vielleicht sogar eine Abkürzung entdeckt", freute sich Frank.

„Das Schild sieht alt aus, und die Straße scheint kaum benutzt zu werden. Meinst du, wir kommen dort durch?"

„Wir werden es herausfinden." Jetzt, wo er ein Ziel hatte, fuhr Frank etwas flüssiger rückwärts.

Schnell hatte er weit genug zurückgesetzt, auf dass er in die andere Straße einbiegen konnte.

„Und du meinst nicht, dass wir hier einfach nur wenden und wieder zur Hauptstraße zurückfahren sollten?"

„Ach was, da steht doch, dass diese Straße nach Wattwil führt. Vielleicht ist dies sogar eine Abkürzung."

Unter der dichten Laubdecke war der Weg schwer zu erkennen. Brigitte sah ihren Mann von der Seite an. Er hatte wieder diesen Gesichtsausdruck, diese Abenteuerlust, die sie an ihm früher so geliebt hatte. Allerdings hatte sie sich auf friedliche Weihnachten gefreut und war nicht unbedingt auf ein Abenteuer aus. Und zu allem Überfluss erklang auch noch die Stimme aus dem Navi: „GPS-Signal verloren."

Sie drehte sich auf ihrem Sitz um und schaute auf den Weg zurück, wo sie hergekommen waren. Er war kaum zu erkennen. Das war bestimmt keine gute Idee.

Die Straße stieg jetzt stetig an, schlängelte sich an der Flanke eines Hügels empor. Die Fahrspur war bedeckt mit rutschigem, nassem Laub, die Bäume reichten bis dicht an den Weg heran. Nicht wenige hatten ihre Wurzeln bereits unter der Straße hindurch ausgestreckt, was holprige Verwerfungen entstehen ließ.

Frank fuhr langsam und hoch konzentriert. Ein einziger Fehler könnte hier am Ende der Welt fatal sein. Falls das Auto vom Weg rutschte oder in einem unsichtbaren Schlagloch hängen blieb, kämen sie nicht wieder weg. Dann müssten sie zu Fuß zurückgehen, dem Weg entlang, den er im Rückspiegel kaum noch erkennen konnte.

Er krallte sich am Lenkrad fest und fuhr weiter. Immerhin hatten sich die dunklen Gewitterwolken verzogen und es war wieder etwas heller geworden. Doch die Sonne stand tief, diese Flanke des Hügels lag bereits im Schatten und bot einen Vorgeschmack auf die baldige Dämmerung. Sie mussten wieder eine vernünftige Straße erreichen, bevor es

Nacht wurde. Aber er traute sich nicht, schneller zu fahren.

Ein schneller Blick zum Navi bestätigte seine Furcht, die GPS-Verbindung war immer noch unterbrochen; der kleine graue Punkt, der seinen Standort darstellte, hing irgendwo weitab von jeder Straße fest. Vielleicht war es doch keine so gute Idee gewesen, diesem Wegweiser zu folgen. Aber jetzt konnte er auch nicht mehr umdrehen. Nicht nur wegen des Streits, den er deswegen mit Brigitte haben würde, sondern aus dem einfachen Grund, dass es hier auf dieser schmalen Straße gar nicht möglich war zu wenden.

Einen Augenblick lang dachte er darüber nach, was passieren würde, wenn plötzlich ein anderer Wagen vor ihm stünde. Wie sollte er hier nur kreuzen? Schnell verdrängte er diesen Gedanken wieder. Nicht, dass er damit noch irgendwelches Unheil anzog.

Endlos schien sich der schmale Weg an der Flanke des Berges entlangzuziehen, eine Einöde von welken Blättern, deren einziger Daseinszweck es schien, die Straße zu verstecken, um verirrte Touristen zu verunsichern. Frank spürte, wie sich sein Magen zusammenzog – ein erster Vorbote der Verzweiflung, die sich seiner bemächtigte. Doch er durfte sich nichts anmerken lassen. Brigitte neben ihm nagte bereits an den kleinen Häutchen um ihre Fingernägel. Sie war unruhig, und wenn er jetzt zugab, dass sie sich verirrt hatten, würde sie ausrasten.

Doch dazu würde es nicht kommen. Er lenkte das Auto um eine weitere Biegung, und ihr Blick fiel auf eine kleine Lichtung, auf der ein Haus stand – ein altes, verwittertes Blockhaus. Klein und gedrungen duckte es sich an den Straßenrand, aus dem Schornstein stieg eine dünne Rauchfahne empor, dahinter weidete eine Ziege die letzten spärlichen Gräser ab.

Dort konnten sie halten und nach dem Weg fragen. Der Knoten in seinem Magen löste sich wieder, und er konnte tief durchatmen. Neben ihm hörte Brigitte auf, an ihren Fingern zu kauen. „Wer mag in dieser Einsamkeit wohnen?", fragte sie.

Die letzten Meter bis zum Haus gingen fast wie von selbst. Mit einem sichtbaren Ziel war das Fahren viel einfacher. Wenig später hielt Frank neben dem kleinen Häuschen.

„So müssen sich Hänsel und Gretel gefühlt haben", sagte er mit einem Lächeln, „als sie das Häuschen gefunden hatten."

„Wenn wir bloß keine Hexe finden."

Es hätte witzig sein können, doch beiden war nicht ums Lachen. Brigitte tat sich schwer damit, die relative Sicherheit des Fahrzeugs zu verlassen, und aus den Augenwinkeln sah sie, wie Frank ebenfalls zögerte, den Türöffner zu betätigen.

Frank atmete noch einmal tief durch und stieg dann beherzt aus. Dies brachte Brigitte dazu, ihm zu folgen, sodass sie gleich darauf vor der Tür des kleinen Häuschens standen und die Klingel suchten. Es gab keine. Das Häuschen stand so abweisend da wie eine Festung. Dicke Stämme, die aufeinandergelegt und mit Lehm und Erde abgedichtet waren. An manchen Stellen wuchs sogar Unkraut aus den Ritzen. Die Tür hatte diese typische Zweiteilung, wie man es noch oft sah bei Alphütten. Ein oberer Teil, der im Sommer bestimmt meist offen war, und der untere Teil, der Tiere und Menschen daran erinnerte, dass es hier eine Grenze gab, die zu überschreiten eine Erlaubnis brauchte. Jetzt waren natürlich beide Teile geschlossen.

„Wer weiß, ob die hier am Ende der Welt überhaupt Strom haben", meinte Frank. Dann klopfte er beherzt.

Das Geräusch klang überraschend laut. Erst jetzt fiel ihnen auf, wie still es hier war. Keine Zivilisationsgeräusche waren zu hören, kein Verkehrslärm, kein Zug, kein Flugzeug am Himmel. Auch die Natur war vollkommen still, kein Vogelgezwitscher, kein Bellen eines Fuchses, nichts! Nicht einmal das Rauschen des Windes war zu hören und sogar das Plätschern des Regens hatte aufgehört.

Absolute Stille – bis auf die schweren Schritte, die sich von der anderen Seite der Tür näherten.

„Vielleicht sollten wir einfach weiterfahren?", fragte Brigitte unsicher.

„Ach was. Wir fragen jetzt nach dem Weg", antwortete Frank.

Der Mann, der ihnen die Tür öffnete, war riesig. Er musste sich bücken, damit er unter dem Türrahmen hindurchsehen konnte. Als Erstes sah Frank nur das helle Leinenhemd und den rauschenden schwarzen Bart, der aus dem Gesicht darüber spross. Die Augen des Riesen wirkten freundlich; kleine Falten, die auch Lachfalten sein konnten, breiteten sich vom Augenwinkel aus, das Gesicht hatte schon viele Sommer und Winter draußen bei der Arbeit erlebt. Seine Haut sah aus wie Sandpapier, zumindest die Teile, die nicht von seinem üppigen Bart und dem wuscheligen Kraushaar bedeckt waren.

„Ja?", fragte der Riese mit einer tiefen, ruhigen Stimme.

„Ähm", stotterte Frank. „Wir … haben uns verfahren. Wir, ähm …"

„… wollen nach Wattwil", ergänzte Brigitte. „Führt diese Straße nach Wattwil?"

„Nach Wattwil?", wiederholte der große Mann. „Heute noch? Das solltet ihr nicht mehr tun um diese Zeit. Die Wege sind tückisch im Dunkeln."

Jetzt tauchte hinter ihm seine Frau auf. Sie war fast ebenso groß, aber vielleicht wirkte das auch nur so, weil der Raum so niedrig war.

Der Riese wandte sich der Frau zu. „Die beiden wollen nach Wattwil."

„Nach Wattwil? Das schaffen sie heute nicht mehr. Da sollten sie besser über Nacht hier bleiben und morgen weitergehen. Warum hast du sie nicht herein gebeten?"

„Ja. Stimmt. Kommt doch herein", sagte der Riese. „Ihr könnt bei uns übernachten, und morgen könnt ihr dann weiterreisen."

Brigitte klammerte sich an Franks Arm. Der Riese war ihr unheimlich. Vielleicht hätten sie keine

Witze über Hexenhäuschen reißen sollen, aber dieses Haus hier im dunklen Wald war ihr einfach unheimlich. Jetzt fehlte nur noch eine schwarze Katze. „Vielleicht sollten wir doch besser weiterfahren?", flüsterte sie.

Frank blickte auf sein Handy. *Kein Netz verfügbar,* stand da. Er hätte gerne bei Federers angerufen, denn die machten sich bestimmt schon Sorgen. „Dürfte ich vielleicht einmal ihr Telefon benutzen?", fragte er den Riesen.

„Telefon?", sagte er. „Nein, das geht nicht. Wir haben kein Telefon."

Frank erklärte, in welchem Dilemma sie steckten. Dass die Federers sie erwarteten und sich bestimmt Sorgen machten. „Vielleicht sollten wir doch besser weiterfahren."

Der Riese schüttelte den Kopf. „Sehr unklug."

Jetzt mischte sich seine Frau ein. „Sie sollten auf keinen Fall weiterreisen. Das ist zu gefährlich. Das Unwetter ist noch nicht vorbei. Sie werden Wattwil heute nicht mehr erreichen. Bleiben Sie lieber bei uns. Wir haben genügend zu essen und ein trockenes Bett."

Frank blickte hilfesuchend zu Brigitte. „Sag doch auch mal was!"

„Ja, also …", murmelte sie, „was soll ich sagen? Ich denke … unsere Freunde werden sich Sorgen machen, wenn wir nicht kommen. Warum fahren wir nicht einfach zurück zur Hauptstraße?"

Noch bevor jemand antworten konnte, zischte draußen ein Blitz, so grell, dass die ganze Hütte einen Moment lang hell erleuchtet war. Der Donnerschlag, der ihn begleitete, war ohrenbetäubend laut.

Brigitte klammerte sich noch fester an Frank.

„Nein, bei diesem Gewitter solltet ihr nicht draußen sein", meinte der Riese. „Kommt jetzt herein, trocknet eure Sachen und bleibt hier."

Frank blickte zu Brigitte. „Er hat wohl recht. Bleiben wir hier, zumindest bis der Sturm sich gelegt hat."

Sie ließen ihre Schuhe bei der Türe stehen und gingen auf Socken in den Hauptraum der Hütte. Ihn als Wohnzimmer zu bezeichnen, wäre wohl zu viel gesagt. Ein massiver Holztisch dominierte den Raum. Groß und schwer sah er aus. Um ihn herum waren acht Stühle angeordnet. Einfache Holzstühle ohne Schmuck oder Verzierungen. Sitzkissen aus unterschiedlichen Stoffen lagen darauf – ein grünes, ein weißes, ein braunes. Es sah ganz so aus, als hätte die Frau sie aus Stoffresten zusammengenäht. Überhaupt war alles sehr rustikal und einfach in diesem Haus.

„Wir haben uns ja noch gar nicht vorgestellt", sagte der Riese. „Wir sind die Meiers. Ich bin Meinrad, und meine Frau heißt Priska."

Frank und Brigitte stellten sich ebenfalls vor. „Sie leben hier recht einfach", bemerkte Frank.

„Ach, wir brauchen nicht viel", gab dieser zur Antwort. „Wir haben unseren kleinen Garten hinter dem Haus, der uns zu essen gibt, und das Wasser aus dem Bach ist köstlich frisch. Was will man mehr?"

Brigitte zupfte Frank am Arm und deutete auf die Kerzen, die in einfachen, geschnitzten Kerzenhaltern auf dem Tisch standen. „Kein Strom", flüsterte sie.

Frank nickte und suchte den Raum nach Anzeichen von Elektrizität ab, nach einer Steckdose, einem Lichtschalter oder etwas Ähnlichem. Nichts dergleichen. Die Meiers schienen tatsächlich ohne Strom auszukommen.

„Setzen Sie sich doch. Wir wollten gerade essen", sagte Priska und tischte vier Teller auf. „Wir haben zwar nicht viel, aber wir teilen es gerne mit euch."

Brigitte bedankte sich höflich und setzte sich. Von irgendwoher roch es wunderbar nach Braten. Erst jetzt fiel ihr auf, wie hungrig sie war. Ihr Magen knurrte lautstark.

Frank setzte sich neben seine Frau. Wieder zog er sein Handy aus der Tasche und blickte auf das

Display. „Kein Netz verfügbar", stand da immer noch. Da hatte er sich ein Handy gekauft für Notfälle und jetzt, wo sie offensichtlich einen Notfall hatten, brachte ihm das Handy genau nichts. „So ein Mist", murmelte er.

Brigitte warf ihm einen bösen Seitenblick zu. „Reiß' dich zusammen, die Leute sind doch nett zu uns. Und dann feiern wir Weihnachten eben nicht mit Federers, sondern mit Meiers."

Sie war schon immer die Offenere gegenüber Fremden. Frank hatte seit seiner Zeit in Südafrika eine Abneigung gegen alle Menschen, die er nicht kannte. Dort hatte er für ein deutsches Metallbau-Unternehmen eine Filiale geleitet, und mehr als einmal war er dort von anderen über den Tisch gezogen worden, wurde um Termine betrogen oder hatte falsche Waren bekommen. Da spielte es für ihn auch keine Rolle, dass es genauso Europäer waren wie er, die ihn betrogen hatten. Für ihn waren seither einfach alle Fremden suspekt.

Seine Gedankengänge wurden unterbrochen durch Priska Meier, die einen Topf mit dampfenden Kartoffeln hereintrug und auf den Tisch stellte. Gleich darauf folgte ihr Mann und brachte einen knusprigen Braten auf einem Schneidbrett, auf dem zudem ein langes, scharf aussehendes Messer lag.

Frank beobachtete den Mann wachsam, als dieser das Messer am Griff fasste und damit den Braten in schmale Scheiben schnitt. Es glitt mühelos durch das Fleisch. Leicht rosafarbener Saft rann von der Schnittstelle, und ein herrlicher Duft breitete sich aus: eine Mischung von Rinderbraten mit frischem Rosmarin und ganz wenig Knoblauch. Ihm lief das Wasser im Mund zusammen.

Priska war noch einmal in der Küche verschwunden und hatte eine Karaffe Wein und einen Krug mit Wasser geholt. Sie schenkte allen ein, ohne zu fragen, ob sie von dem Wein möchten.

Frank blickte zu Brigitte, gespannt, wie sie darauf reagieren würde. Normalerweise trank sie keinen Alkohol. Sie ließ sich widerspruchslos einschenken, betrachtete die sehr dunkelrote Flüssigkeit in ihrem Glas aber neugierig.

Als der Braten tranchiert und alle Weingläser gefüllt waren, setzten sich auch die beiden Gastgeber an den Tisch.

„Lasst uns dem Herrn danken für dieses wundervolle Mahl", sagte Meinrad Meier und reichte ihnen die Hände. Seine tiefe Stimme dröhnte laut in der Ruhe der Hütte. „Gelobt seist du, Vater, der du uns Brot geschenkt, gelobt sei dein Sohn, der den Wein uns kredenzt, gelobt der Heilige Geist, der am Tisch uns vereint. Amen."

„Amen", wiederholten Priska und Brigitte wie aus einem Mund, und als Brigitte ihn mit einem sanften Händedruck darauf aufmerksam machte, antwortete auch Frank mit einem leisen „Amen".

„Und jetzt genießt dieses wundervolle Mahl, das uns der Herr in seiner Güte gegeben hat", schloss Meinrad. Dann verteilte er großzügig von den einfachen, aber bestimmt leckeren Speisen.

„Ihr kommt von weit her, nicht wahr", fragte Meinrad.

„Von Hamburg", antwortete Frank. „Wir haben von unserer Wohnung aus einen tollen Ausblick auf die Elbphilharmonie."

„Aha", meinte Meinrad nur.

Normalerweise war dies ein idealer Einstieg in ein Gespräch. Die lange Verzögerung beim Bau und die große Kostenüberschreitung hatten sich in ganz Europa herumgesprochen. Nur diese beiden hier schienen noch nie davon gehört zu haben.

„Ein atemberaubender Bau, der wie ein Schiff geformt ist, in der Hamburger Speicherstadt", erklärte er also. „Nach fast 10 Jahren Bauzeit und mehrmaligen Preiserhöhungen wurde das Gebäude etwa vor einem Jahr eingeweiht."

„Aha", sagte Meinrad wieder, offensichtlich nicht imstande, sich darunter etwas vorstellen zu können.

„Ach, das ist ja nicht so wichtig", sprang ihm Brigitte bei. „Wichtig ist jetzt nur, dass dieser Braten vorzüglich schmeckt und wir ein Dach über dem Kopf haben. Herzlichen Dank für Ihre Gastfreundschaft."

Dieser abrupte Themenwechsel hinterließ eine beklemmende Stille. Nach einer Weile ergriff Priska das Wort. „Und diese Familie, die ihr in Wattwil besuchen wollt, woher kennt ihr sie? Aus dieser Elpfil…, wie hieß das noch?"

Brigitte konnte sich ein kurzes Lachen nicht verkneifen. „Elbphilharmonie heißt das. Aber wir kennen die Federers nicht von dort, sondern wir haben sie in unserem letzten Urlaub auf Mallorca kennengelernt."

„Mallorca", wiederholte Priska. „Das ist eine Insel, oder?"

„Genau, im Mittelmeer. Und dort haben wir die Federers getroffen. Ein sehr nettes Paar."

„Schön. Und jetzt fahrt ihr sie über Weihnachten besuchen?"

„Genau. Allerdings werden wir jetzt wohl einen Tag zu spät kommen."

Die beiden Frauen verstanden sich bestens. Das Gespräch entwickelte sich, und Frank war wieder einmal begeistert von Brigittes Geduld. Diese Meiers schienen kaum etwas zu kennen außerhalb ihrer engsten Umgebung. Schon der Bodensee war für die beiden schrecklich weit weg, dabei war er in einer knappen Stunde mit dem Auto zu erreichen.

„Sie reisen wohl nicht viel?", fragte er.

„Nein", meinte Meinrad. „Wozu auch! Alles was wir zum Leben brauchen, wächst in unserer Umgebung, und das Fleisch bekommen wir von Priskas Bruder gleich unten im Ort."

Langsam fanden auch die beiden Männer ins Gespräch, und so wurde das gemeinsame Abendessen dieser beiden Paare zu einem friedlichen und gemütlichen Beisammensein.

Das Beste kam dann aber, nachdem der Tisch abgeräumt, das Geschirr gespült und die Kerzen am Weihnachtsbaum angezündet waren. Sie sangen zusammen Weihnachtslieder, ganz so, wie Frank es früher als Kind mit seinen Eltern getan hatte. Keine Ablenkung von einem Fernsehprogramm, einem wahnsinnig wichtigen Anruf oder dem Verteilen teurer Geschenke. Einfach nur vier Menschen vor einem Christbaum, die zusammen singen und sich freuen.

Als die Kerzen fast ganz heruntergebrannt waren, zeigte ihnen Priska den Raum, wo sie übernachten konnten. Ein kleiner Raum mit einem Etagenbett, das aus einfachen Holzbrettern zusammengenagelt war. Rot und weiß kariertes Bettzeug lag in den beiden Schlafkojen und erinnerte Frank an die alten Heimatfilme mit Luis Trenker, die seine Mama immer so gerne gesehen hatte.

„Kein Luxus, aber warm und kuschelig", sagte Priska und schloss die Türe hinter ihnen.

Frank zückte gleich wieder sein Handy. Immer noch kein Netz. Was hatte er auch erwartet.

„Hast du gesehen, wie die mein Handy angestarrt haben?", fragte er. „Als ob sie noch nie eines gesehen hätten."

„Und wenn schon. Sie waren nett und wir haben einen schönen Weihnachtsabend gehabt mit ihnen. Sei doch nicht immer so negativ! Ich leg mich jetzt schlafen, und zwar oben."

Frank knurrte und schlüpfte in seinen Schlafanzug. Die lange Fahrt hatte ihn doch mehr angestrengt, als er gedacht hatte. Er war froh, ins Bett zu kommen. „Aber sie waren schon ziemlich seltsam, das musst du doch zugeben", meinte er.

„Naja, sie wohnen hier ja auch am Ende der Welt. Da haben sie bestimmt nicht viel Besuch und wollen vielleicht auch gar keinen."

„Da magst du recht haben. Der Wein war allerdings gut. Der hat mir so richtig geschmeckt. Vielleicht überlassen sie uns morgen ja eine Flasche davon. Das wäre doch ein tolles Mitbringsel für Federers."

„Wir werden sie morgen fragen. Gute Nacht."

Frank dachte noch einen Moment über die beiden seltsamen Gestalten nach. Er musste an diese religiösen Leute in Amerika denken. Wie hießen sie noch gleich? Diese Menschen, die noch genauso lebten wie vor 200 Jahren, ganz ohne Maschinen und ohne Geld. Waren diese beiden hier vielleicht auch so?

Brigitte erwachte, weil sie fror, und als sie sich umblickte, schreckte sie hoch. Das Haus war halb verfallen. Es hatte in der Nacht geschneit, auf ihrer Bettdecke lag Schnee.

„Frank!", schrie sie. „Wach auf!"

„Was ist los?", murmelte er verschlafen. Wie immer war es schwierig, ihn wach zu bekommen. Er hatte einen sehr gesunden Schlaf.

Sie sprang von ihrem Bett herunter und schüttelte ihn. „Frank, wach auf!"

Endlich schlug er die Augen auf. „Was?"

„Schau!", sagte Brigitte und deutete auf das große Loch im Dach, durch das ein kalter, klarer Morgenhimmel zu sehen war.

„Was zum Teufel ist passiert?", fragte Frank und sprang jetzt ebenfalls aus dem Bett. „Ein Erdbeben?"

„Ich habe keine Ahnung. Ziehen wir uns an und suchen die Meiers. Vielleicht ist ihnen etwas zugestoßen."

Während er sich warm anzog, blickte sich Frank im Zimmer um. Es war nicht nur das Dach, das plötzlich ein riesiges Loch hatte. Von der Außenwand fehlte ebenfalls ein riesiges Stück. Einige Stämme des Blockhauses hingen nach außen und waren mit Moos überwachsen. Wie schnell konnte das geschehen? Die kleine Kommode, auf dem er ihren Koffer abgestellt hatte, war unter dessen Gewicht zusammengebrochen. Sie bestand nur noch aus morschem, feuchtem Holz.

„Was ist hier nur passiert?", fragte er. „Das sieht alles so aus, als wäre es schon seit Jahren so verfallen. Aber das kann doch gar nicht sein."

Brigitte versuchte die Türe zu öffnen, hatte aber keinen Erfolg. Das offensichtlich alte Holz war komplett verzogen, sodass sich die Tür in ihrem Rahmen verkantet hatte.

Frank eilte ihr zu Hilfe, und gemeinsam wuchteten sie die Türe aus ihrem Rahmen. Doch statt in den kurzen Korridor sahen sie direkt in den verschneiten Wald hinaus. Eine ganze Wand fehlte, war zusammengebrochen und offenbar teilweise sogar abtransportiert worden.

„Hallo?", schrie Frank aus der Ruine hinaus. „Meinrad? Priska?"

Keine Antwort. Natürlich! Wo hätten sie in diesem Trümmerfeld auch sein sollen.

„Was ist passiert?", fragte er mehr sich selbst als seine Frau. „Wie kann so etwas über Nacht geschehen?"

Er zuckte zusammen vor Schreck, als Brigitte antwortete. „Geister?"

Er griff nach ihrer Hand. „Was auch immer das war. Lass uns von hier verschwinden."

Mit der anderen Hand griff er nach dem Koffer und stapfte durch den frischen Schnee aus der Ruine hinaus. Immerhin stand ihr Auto noch da, ebenfalls mit einer Schneeschicht überzogen. Er hoffte bloß, dass es anspringen würde.

Als er den Kofferraum öffnete und den kleinen Koffer zum restlichen Gepäck stellte, blickte er noch einmal auf die Ruine der Hütte. Kaum zu glauben, dass hier überhaupt jemand gewohnt hatte, aber bestimmt nicht letzte Nacht. „Wo sind wir da nur hineingeraten?", murmelte er kopfschüttelnd.

„Haben wir dies alles nur geträumt? Träumen wir noch? Hatten wir einen Unfall und liegen im Koma? Aber würden wir uns dann so unterhalten können?", fragte Brigitte. „Und könnten wir die Kälte spüren?"

Frank griff nach dem Türgriff des Autos. Er war eiskalt, aber die Türe schwang sofort auf, als er daran zog. „Lass uns erst mal einsteigen und die Heizung einschalten."

Der Motor sprang sofort an. Frank schaltete auch gleich die Sitzheizung ein. Dies würde sie etwas aufwärmen. Erst jetzt fiel ihm auf, wie kalt es draußen gewesen war. Stechende Schmerzen breiteten sich an seinen Händen und Füssen aus, als die Wärme wieder in sie zurückströmte. Ein Glück, dass Brigitte erwacht war, bevor sie beide in dieser Ruine erfroren waren.

„Könnten wir uns das alles nur eingebildet haben?", fragte er.

„Auf keinen Fall. Wir haben doch gestern Abend etwas gegessen. Wenn dies nur eingebildet gewesen wäre, müssten wir doch jetzt so richtig hungrig sein. Also ich nicht. Du etwa?"

„Nein. Aber wo sind denn die Leute hin? Im frischen Schnee müsste man doch Spuren sehen, wenn sie hier gewesen wären. Aber ich sehe nur unsere." Sein Blick folgte den beiden unregelmäßigen Spuren im Schnee bis hin zur Ruine. „Und das Haus ist offensichtlich schon lange verfallen. Da wohnt schon seit Jahren niemand mehr, da bin ich überzeugt."

„Es ist fast so, als ob wir …“, Brigitte hatte Mühe, es auszusprechen. „… eine Zeitreise gemacht hätten.“

Frank blickte sie entsetzt an. Ihre Idee war eigentlich komplett verrückt, aber andererseits … „Das würde erklären, warum sie mein Handy so angestarrt hatten. Und ihre altmodische Kleidung, ihre Sprache, ihr ganzes Verhalten, als ob sie aus der Vergangenheit gekommen wären.“

„Oder wir aus der Zukunft.“

Es brauchte viel Fantasie, um so etwas zu glauben. Frank betrachtete nachdenklich den Waldrand, die Überreste der Hütte. Eigentlich ein Wunder, dass sie dies alles überlebt hatten. Er legte den Rückwärtsgang ein, setzte zurück, bog auf den Weg ein, der sie wieder zurück nach Schönengrund bringen würde.

Sie saßen schweigend nebeneinander, während Frank das Auto über den schmalen Waldweg steuerte. Es sah anders aus als gestern, nicht nur wegen des frisch gefallenen Schnees. Das alte hölzerne

Schild, das sie überhaupt auf diesen Weg gebracht hatte, war nicht mehr da, die Straße war in einem viel besseren Zustand als am Tag zuvor.

Keine Viertelstunde später hatten sie den Waldrand erreicht, wo sie die Hauptstraße erkennen konnten. Frank hielt an und blickte noch einmal in den Rückspiegel. Es sah aus wie ein gewöhnlicher Wald, aber in seinem Kopf war es eine unwirkliche, märchenhafte Landschaft, in der vieles möglich war, was sonst nicht in seine so geordnete Welt passte.

Ein lautes Piepsen des Handys riss ihn aus seinen Gedanken. „14 Anrufe in Abwesenheit" stand auf dem Display. Federers hatten wohl verzweifelt versucht, sie zu erreichen.

Er reichte das Handy an Brigitte weiter. „Ruf du sie an und sag ihnen, dass alles in Ordnung ist." Dann legte er den Gang ein und fuhr los. Zurück in die weihnächtlich weiße Landschaft. Zurück in die Zivilisation.

Die Familie friedlich vereint

Dieses Jahr würde das Weihnachtsessen nicht mehr in einer Katastrophe enden, dafür würde Daniel sorgen. Schlimm genug, dass Mama im letzten Jahr vor lauter Aufregung zusammengebrochen war.

Ach, Mama! Wie hatte er sie geliebt. Und das letztjährige Weihnachtsessen hätte die Familie wieder einmal friedlich an einem Tisch versammeln sollen. Doch es kam ganz anders. Das Fest war vollkommen aus dem Ruder gelaufen, alle hatten durchgedreht. So lange, bis Mamas Herz ausgesetzt hatte und sie ins Krankenhaus gebracht werden musste, wo sie nur zwei Tage später starb.

Daran waren nur diese Verwandten schuld!

Wenn Mama heute vom Himmel herab zusähe, würde sie glücklich sein, dass es ihm doch noch gelungen war, sie alle friedlich an einem Tisch zu vereinen.

Der Truthahn war bereits im Ofen und verbreitete einen herrlichen Duft. Aus der Stereoanlage erklang leise die Musik von „Rockin' around the Christmas Tree". Daniel breitete das neue blaue Tischtuch mit dem Sternenmuster auf dem Tisch aus und strich es glatt. Diesmal würde alles perfekt sein – nicht so wie bei Mamas Beerdigung. Die Trauer dämpfte damals zwar die explosive Stimmung etwas, doch wie bei einem Vulkan kurz vor dem Ausbruch kochten die alten Feindseligkeiten direkt unter der Oberfläche. Es brodelte, und Daniel war wie die Feuerwehr von einem zum andern gelaufen und hatte versucht, sie so weit zu beruhigen, dass der Vulkan nicht ausbrach und der Abschied von Mama nicht in einer wüsten Streiterei endete.

Doch einmal mehr hatte er es nicht geschafft. Einmal mehr war der Vulkan ausgebrochen. Kaum lag die letzte Schaufel Erde auf Mamas Sarg, ging es los. Onkel Theo machte Papa Vorwürfe, es sei seine Schuld, dass Mama zusammengebrochen war. Brigitte in ihrem Drogenrausch schrie ihre Trauer hinaus und riss ihre Cousine Nicole an den Haaren, bis sie schrie. Tante Martha heulte lauthals, aber es war niemandem klar, ob sie über ihr eigenes vermurkstes Leben heulte oder wegen der Trauer um Mama.

Daniel hatte die ganze Bande damals sich selbst überlassen und war alleine nach Hause gegangen. Er hatte sich aufs Bett gesetzt und in aller Stille um Mama geweint. Er hatte ihr Foto angesehen und ihr versprochen, dass er es einmal noch schaffen wollte, die Familie friedlich zu versammeln.

Und heute war die Stunde gekommen. Er hatte sie alle eingeladen zum Weihnachtsessen.

An Mamas Platz an der Stirnseite des Tisches würde er selbst sitzen. Er hoffte, dass sie vom Himmel herab zusehen würde, damit sie doch noch einmal erleben könnte, wie die Familie friedlich beisammen saß.

Passend zum Anlass hatte er das gute Geschirr und das Silberbesteck bereitgelegt.

Draußen war es bereits dunkel geworden, und die Weihnachtsbeleuchtung hatte sich automatisch eingeschaltet. Der Lichtervorhang verzauberte das große Fenster, eine glitzernde Lichterkette zog sich rund um die imposante Tanne bis hinauf zur Spitze, wo ein gewaltiger Stern alles überragte.

Er legte den zweiten Teller auf den Platz zu seiner Rechten. Der war für seine kleine Schwester Brigitte. Früher, als sie ihr Haar noch zu zwei Zöpfen geflochten hatte, war sie ein hübsches Mädchen gewesen. Aber seit sie sich täglich Heroin spritzte, war es vorbei mit ihrer Schönheit. Die Pusteln und Ekzeme im Gesicht, am Hals und an den Händen eiterten und verunstalteten sie stetig mehr. Es war ihm immer schwerer gefallen, sie anzusehen. Nicht nur, weil er sich vor ihr ekelte, sondern vor allem, weil sie ihm leid tat. Als er die Serviette faltete, tropfte eine Träne darauf. Für sie wird dieses Weihnachtsessen definitiv eine Erlösung werden.

Der Platz neben ihr gehörte schon immer Onkel Theo. Daniel legte den Teller an seinen Platz und spuckte hinein, dann verrieb er den Speichel mit den Handballen gleichmäßig auf dem ganzen

Teller, bis alles genauso schleimig war wie Onkel Theo selbst.

Diese Witze, die er immer erzählte! So obszön, beleidigend oder rassistisch, dass Daniel sich wundert, dass er noch nie verhaftet worden war. Nicht mal bei Mamas Beerdigung hatte er darauf verzichten können. Kein Wunder, dass Papa ihn die Treppe hinuntergestoßen hatte. Aber das Schlimmste an Onkel Theo war, dass er immer Brigitte begrapschte. Ständig hatte er seine Hände irgendwo an ihrem Körper, auf den Beinen, am Arm, auf dem Rücken, in den Haaren und weiß Gott noch wo. Selbst jetzt, wo ihr Körper von der Sucht gezeichnet war, konnte er die Hände nicht von ihr lassen.

Daniel hatte schon länger den Verdacht, dass Onkel Theo Brigitte missbraucht hatte. Vielleicht war sie deshalb so abgestürzt? Vielleicht waren die Drogen ihre einzige Möglichkeit, diesem schleimigen Onkel Theo zu entkommen? Vielleicht wäre dies alles anders gekommen, wenn Daniel den Mumm gehabt hätte, etwas zu sagen. Oder wenn sonst jemand aus der Familie das Thema angesprochen hätte.

Aber vielleicht war es wie bei Papa, als auch alle Bescheid wussten und niemand etwas sagte? Er schüttelte den Kopf, um diese unangenehmen Fragen aus seinen Gedanken zu verscheuchen. Er sollte nicht zu lange darüber nachdenken, sondern einfach seinen Plan umsetzen.

Er wischte etwas Staub vom Tischtuch und legte den nächsten Teller darauf, den für Martha, Theos leidgeplagte Frau. Nicht einmal sie hatte ihn aufhalten können, wenn er einmal in Fahrt war. Klein und unscheinbar, wie sie war, schien sie neben ihm zu verschwinden, von seiner Energie aufgesogen, durchgekaut und wieder ausgespuckt. Soweit Daniel sich erinnern konnte, hatte Martha nie gelächelt und auch sonst nie Gefühle gezeigt. Oft saß sie einfach apathisch auf ihrem Stuhl und wartete darauf, dass die Welt sich weiterdrehte.

Heute hatte sie ein weißes Baumwollkleid mit Blumenmuster angezogen. Sie sah aus, als wäre sie direkt aus den sechziger Jahren des letzten Jahrhunderts angereist. Kein Wunder, dass Theo lieber junge Mädchen begrapschte als diese vertrocknete Jungfer.

Genauso wie Papa, der sich auch immer außerhalb seiner Ehe hatte bedienen lassen, aber wenigstens nicht von jungen Mädchen. Er versuchte zumindest den Anschein zu erwecken, dass in seiner Ehe alles in Ordnung sei. Er wollte nicht, dass die Leute im Dorf sich den Mund darüber zerrissen, dass er manchmal in die Stadt fuhr, um Gelüste zu befriedigen, die Mama offensichtlich nicht befriedigen konnte.

Dass sie in der Kneipe doch darüber redeten, ignorierte er einfach, wie alles, was nicht in seine Sicht der Welt passte. Bei ihm auf dem Straßenverkehrsamt musste auch immer alles seine Ordnung haben. Seine Welt bestand aus Nummern und genau vorgegebenen Schildergrößen. Alles war genormt, sogar die Höhe seines Stehpults.

Für Papas Platz wendete Daniel deswegen etwas mehr Zeit auf. Da musste das Besteck ganz genau ausgerichtet sein. Genau zwei Zentimeter vom rechten Tellerrand hatte das Messer zu liegen, der Löffel so dicht daneben, dass es von oben so aussah, als würden sie sich berühren. Ebenso musste die Gabel exakt zwei Finger breit neben dem linken Tellerrand liegen. Die Plätze für Weinglas, Wasserglas und Dessertlöffel waren genauso festgelegt, und Daniel widmete sich mit größter Sorgfalt dem Falten der Serviette. Als er damit fertig war, ging er einen Schritt zurück und betrachtete sein Werk aus Distanz. Er nickte und wollte schon weitergehen zum nächsten Platz, als er doch noch einmal innehielt.

Ein Zittern durchlief seinen Körper, dann stürzte er sich auf Papas Platz und wirbelte alles wild durcheinander. Das Weinglas ging zu Bruch, und Daniel holte sich einen tiefen Schnitt am Daumen. Fluchend steckte er sich den Finger in den Mund und eilte ins Bad, um ein Pflaster draufzukleben. Was war nur in ihn gefahren?

Er betrachtete sich im Badezimmerspiegel. Wie alt er geworden war. An den Schläfen zeigten sich die ersten grauen Haare, und die Haut auf der Stirn war bereits von ersten Falten gezeichnet. Trotzdem fühlte er sich wie ein kleines Kind, wenn Papa ihn betrachtete.

Der Schnitt an seinem Daumen war weniger tief, als es auf den ersten Blick ausgesehen hatte. Mit etwas Tape und einem großen Pflaster würde das so weit halten, dass er seine Aufgabe zu Ende bringen konnte.

Als er ins Esszimmer zurückkam, fiel sein Blick auf die Uhr: kurz vor sieben Uhr! Gleich war Essenszeit und er hatte erst die Hälfte des Tisches gedeckt. Einen Moment lang war er versucht, sich zu beeilen, dann fiel ihm ein, dass die Gäste diesmal kaum ungeduldig werden würden. Sie warteten auf den Sofas nebenan mit dem Wein, den er ihnen als Aperitif serviert hatte.

Betont gemütlich schlenderte er zum Tisch zurück und legte weitere Gedecke auf.

Onkel Georg, Mamas älterer Bruder, saß ja lieber auf dem Balkon und rauchte seine Pfeife, dennoch brauchte es auch für ihn ein Gedeck. Mit seinem gezwirbelten Schnäuzer und den wachen Augen passte er so gar nicht in die Familie. Er redete kaum, und wenn er dann doch etwas sagte, klang es so abgehoben und geschwollen, dass ihm kaum einer folgen konnte. Er verwendete Wörter, die Daniel zwar meistens verstand, die ihm selbst aber nie einfallen würden. *Inadäquat* hatte er manchmal Brigittes Kleidung bezeichnet und meinte damit wohl, dass sie nicht zum Anlass passte. Bevor er sich in seinen dicken Lodenmantel hüllte und auf den Balkon ging, sagte er jeweils, er fühle sich etwas *blümerant*. Auch so ein Wort, das Daniel schon lange im Wörterbuch nachschlagen wollte.

Das beste an Onkel Georg war seine Tochter Nicole, die normalerweise neben ihm saß. Blond, quirlig und so total anders als der Rest der Familie.

Daniel hatte sie geliebt, nicht nur als Cousine! Wenn sie ihm mit ihren wachen, blauen Augen zugeblinzelt hatte, schoss ihm das Blut in den Kopf und in seinen Unterleib. Trotzdem hatte es nur ein einziges Mal eine flüchtige Zärtlichkeit gegeben, draußen hinter dem Holunderbusch.

Sie waren fast noch Kinder, gerade 15 Jahre alt, und entdeckten gemeinsam das Interesse für das andere Geschlecht. Eine unbeholfene Umarmung und ein unsicherer Kuss, der ihm die Schamröte ins Gesicht trieb – besonders als Brigitte es sah und in ihrer kindlichen Art darüber ein hämisches Liedchen trällerte.

Dies war in jenem Sommer, als Nicole zwei Wochen lang bei ihnen wohnte, weil Georg und seine Frau bei einem Hilfsprojekt in Botswana mithalfen, einem Tierhospital am Rande der Kalahari.

Seither hatte er sich nie mehr getraut, ihr näherzukommen, 26 Jahre lang. Vielleicht könnte er ihr heute noch einen letzten Kuss auf die Lippen hauchen.

Jetzt fehlte nur noch das Gedeck für Tante Frieda, die immer noch unter der Krankheit litt, die sie sich damals in Botswana eingefangen hatte. Eine Krankheit, die ihr Gehirn langsam zerfraß. Sie war in den letzten Jahren deutlich schwächer geworden. Ihr Körper war immer noch drahtig und sportlich, aber im Kopf war sie mehr und mehr durcheinander. Letztes Jahr hatte sie sich kaum mehr an der Unterhaltung beteiligt, hatte nur stumm dagesessen und den ganzen Krach mit stoischer Ruhe über sich ergehen lassen. Für sie würde es eine Erlösung sein heute Abend.

Er trat zwei Schritte zurück und betrachtete sein Werk. Wunderbar. Alles war perfekt. Die Teller auf beiden Seiten des Tisches standen genau in einer Linie. Papa würde es lieben, wenn da nicht die Unordnung an seinem eigenen Platz wäre. Die Weingläser glitzerten im gedämpften Licht der elektrischen Kerzen am Weihnachtsbaum. Das dunkelblaue Tischtuch verlieh der Atmosphäre noch mehr Festlichkeit. Jetzt musste er nur noch die Karaffe mit dem Wein auf den Tisch stellen und die Kerzen anzünden. Dann konnte er die Gäste holen, einen nach dem anderen.

Nebenan war es still geworden. Keine klirrenden Gläser mehr, keine Diskussionen und Streitereien, nicht mal ein leises Schluchzen von einer der Frauen. Der vergiftete Wein schien seine Wirkung getan zu haben. Jetzt musste Daniel nur noch ihre leblosen Körper an den Tisch setzen, den Truthahn aus dem Ofen holen – und dann würde sein lang gehegter Traum in Erfüllung gehen: ein stilles und friedliches Weihnachtsessen im Kreis der Familie.

Weihnachten darf nicht sterben

Fast geräuschlos glitt die Glastür zur Seite und gab den Weg frei in die Schleuse. Rania trat ein, drückte den Startknopf und wartete. Als die Tür hinter ihr geschlossen hatte, begann die Prozedur, die sie immer etwas unheimlich fand. Eigentlich passierte nichts. Zumindest nichts, was man sehen oder spüren konnte. Es waren Nanobots, die zu Tausenden mit der Luft in den Raum strömten, sich auf ihrem Körper absetzten und dort alle Bakterien und Viren zerstörten.

Rania schauderte und betrachtete ihre Hand. Da saßen jetzt bestimmt einige dieser Kleinstroboter und suchten nach Bakterien. An den Händen gab es immer besonders viele davon, sagte ihr Opa immer.

Sie fragte sich, ob diese Nanobots wirklich wieder verschwinden, sobald sie ihre Arbeit getan hatten. Wer konnte sagen, ob sie sich nicht genauso wie Bakterien überall ausbreiteten? Sie könnte Opa fragen, der konnte ihr das bestimmt erklären. Ihr Opa wusste über alles Bescheid.

Es zischte, dann öffnete sich die Schiebetüre vor ihr, und sie betrat eine vollkommen andere Welt.

Feuchtwarme Luft machte ihr das Atmen schwer. Kondenswasser tropfte von der Decke herab und verschwand zwischen den Gitterelementen am Boden. Zwei Dutzend Reihen von kniehohen Podesten aus Edelstahl erstreckten sich weit bis ans hintere Ende der Station. Und alle waren sie vollgestellt mit Töpfen, in denen Bäume, Gräser, Sträucher, Blumen und vieles mehr wuchs. Opa wusste von all diesen Pflanzen die Namen – nicht nur die deutschen Bezeichnungen, sondern auch noch diese alten lateinischen, die heute niemand mehr benutzt. Er hing an diesen alten Dingen. Ständig erzählte er ihr Geschichten von früher, Geschichten von der Erde.

Das musste ein sagenhafter Ort gewesen sein. Sie hatte ihn schon öfters fragen wollen, warum die

Menschen andere Planeten besiedelten, wenn diese Erde doch so toll ist. Aber sie hatte es doch nie getan. Er würde sich darüber furchtbar aufregen. Das tat er immer, wenn jemand etwas sagte, das nicht in sein Weltbild passte.

Er war ganz hinten in dem Raum, in der Abteilung mit den europäischen Bäumen. Rania ging durch den langen Gang, vorbei an Klee und Löwenzahn, Zuckerrüben, Kartoffeln und anderen, die sie nicht erkannte. Beim Haselstrauch blieb sie kurz stehen. Vielleicht konnte sie eine Nuss stibitzen. Dann ging sie weiter zu den Bäumen.

Opa hatte ihr erklärt, dass jene auf der Erde viel größer waren. Doch hier im Raumschiff gab es einfach zu wenig Platz für große Bäume. Darum wurden sie klein gehalten.

Auf der Erde gab es dafür sogar einen Namen: Bonsai. Opa liebte es, die Bäume kunstvoll zurechtzustutzen. Unglaublich, dass fast alle davon noch auf der Erde gelebt hatten. Mehr als 60 Jahre war das Schiff schon unterwegs – und die Bäume waren immer noch kaum mehr als 50 cm hoch.

Heute hatte er jedoch seine Schere nicht dabei. Stattdessen stand er vor einer kleinen Tanne und behängte sie mit bunten Papierfetzen.

„Hallo Opa, was tust du da?"

Er stützte sich schwer auf seinen Gehstock und drehte sich langsam zu ihr um. „Hallo Kind, schön, dass du gekommen bist."

„Opa? Geht es dir gut?" So alt und müde hatte er noch nie ausgesehen.

„Mit mir geht es wohl zu Ende. Ich fühle mich so schwach. Aber ich möchte noch ein letztes Mal mit dir Weihnachten feiern."

Weihnachten. Er hatte ihr schon oft davon erzählt. Auf der Erde musste das etwas ganz Besonderes gewesen sein. Aber in der Schule hatte Herr Sorell gesagt, dass es sich dabei um etwas Religiöses handelte, und das war auf dem Schiff verboten.

Schnell blickte sich Rania um. Ob jemand ihn gehört hatte?

„Keine Angst, Kind, außer uns beiden ist niemand hier."

„Opa, Weihnachten ist Religion, und die Religionen haben auf der Erde zu Kriegen geführt. Darum sind sie jetzt verboten, das weißt du doch."

Er lachte und hustete dabei Schleim hoch, den er mit einem Taschentuch wegwischte. „Was sollte mich jetzt noch abhalten?"

„Aber …"

„Es geht mir ja gar nicht um die Religion, obwohl natürlich das Weihnachtsfest darauf zurückgeht. Ich meine ganz einfach das Fest der Liebe."

Rania strich über einen der Papierfetzen, die an dem kleinen Tännchen hingen. Er war in der feuchten Luft schon ganz weich geworden. „Und was soll das?", fragte sie. „Was haben diese Papierfetzen mit Liebe zu tun?"

Wieder lachte und hustete er. „Nun, im Grunde brauche ich einfach ein dekoriertes Tännchen, um mich so richtig in Weihnachtsstimmung zu bringen. Damals auf der Erde hatten wir noch einen richtigen Christbaum im Garten. Eine Tanne, mehr als doppelt so hoch wie ich. Mein Vater stieg jedes Jahr mit der Leiter hinauf und steckte einen glitzernden Stern auf die Spitze."

Jetzt erst erkannte Rania die Form, die Opa dem Papier hatte geben wollen. Wenn man an einen Stern dachte, konnte man in dem ausgefransten Papierfetzen diese Form entdecken. Keinen richtigen Stern natürlich, keine runde glühende Kugel, sondern die gezackte Form, wie sich die Menschen die Sterne früher vorgestellt hatten.

„Wir sollen doch nicht mehr diesen alten Dingen nachhängen: Religionen und Traditionen. Die halten doch nur den Fortschritt auf."

„Ja, das erzählen sie euch in der Schule. Aber ich brauche diese Weihnachtsstimmung. Dies erinnert mich an die friedlichen Abende zu Hause, an denen die ganze Familie am Kaminfeuer saß. Papa hat dann immer eine Geschichte erzählt. Wie ich das geliebt habe. Wenn ich daran zurückdenke, stimmt mich dies einfach glücklich. Und manchmal frage ich mich dann, warum ich das alles zurückgelassen habe."

„Aber Opa. Dafür wirst du in die Geschichte der Menschheit eingehen. So wie deine Kolleginnen und Kollegen."

„... die inzwischen alle tot sind", ergänzte der Alte. „Und ich werde wohl auch bald abtreten. Was ist das für eine Welt, in der man sterben muss, um in die Geschichte einzugehen?"

„Aber ihr seid die Ersten, die aufbrachen zu dieser Reise ohne Wiederkehr. Euer Mut ist einzigartig. Und das habt ihr alles für den Fortschritt gemacht!"

„Ja, das haben sie uns damals gesagt. Aber jetzt, nach 60 Jahren Flugzeit, nagt es schon langsam an mir. Wir waren damals aufgebrochen, um einen neuen Planeten zu besiedeln. Dabei haben wir nichts gemacht, als uns zu paaren und ein Raumschiff zu bevölkern. Und unsere Kinder und Enkel werfen unsere sterblichen Überreste hinaus in den Weltraum. Wie heldenhaft ist das?"

Rania wurde nachdenklich. So hatte sie das noch nie gesehen. Was hatte die Ursprungsbesatzung schon zu tun? Für sie war schon beim Einsteigen klar, dass sie die Ankunft auf Proxima Centauri B nicht mehr erleben würden. Opa war jetzt noch der letzte auf dem Schiff, der auf der Erde gelebt hatte. Alle anderen wurden auf dem Schiff geboren. Wenn er starb, würde das gesamte Wissen über ihren Ursprungsplaneten verschwunden sein. Vielleicht nicht verschwunden, denn auf den Speichereinheiten fand sich noch einiges Wissen über die Erde. Aber wirklich erlebt hatte das keiner von den Menschen, die schon bald einmal als Pioniere einen neuen Planeten besiedeln sollen. Keiner von denen wusste, wie man auf einem Planeten lebte, alle hatten nur von der künstlichen Intelligenz gelernt, wie es theoretisch sein müsste.

„Und wozu das Ganze?", fragte Opa. „Wenn nicht einmal die Idee von Weihnachten mehr erlaubt ist? Die Liebe, die zu diesem Fest gehört, die Hoffnung, die das Weihnachtsfest seit Jahrtausenden zu den Menschen bringt? Wozu sollte man eine neue Welt besiedeln, wenn man das nicht darf?"

In diesem Moment griff sich Opa an die Brust, sein Gesicht wurde kreidebleich.

„Opa!", schrie Rania. „Was ist mir dir?" „Herz …", stammelte er. „Arzt …"

Sie hätte es wissen müssen! Natürlich hat ihn diese Unterhaltung aufgeregt. Und jetzt hatte sein Herz ausgesetzt. Heulend und schreiend lief sie zur Schleuse. Dort gab es eine Sprechanlage, mit der sie einen Arzt rufen konnte.

Der feuchte Stahlboden war rutschig. Sie stolperte, so schnell sie konnte, dem Gang entlang. Er schien viel länger zu sein als zuvor. Schließlich kam sie rutschend und weinend bei der Schleuse an, hämmerte den Notrufknopf in die Wand und schrie ins Mikrofon. „Hilfe, wir brauchen einen Arzt! Hilfe!"

„Bitte bleiben Sie ruhig", sagte die Stimme der künstlichen Intelligenz, „und sagen Sie, wo Sie sich befinden."

„In der Pflanzenstation!"

„Bitte bleiben Sie ruhig und sagen Sie, wo Sie sich befinden."

„Ich will jetzt aber nicht ruhig bleiben. Wir brauchen einen Arzt in der Pflanzenstation."

„Pflanzenstation", bestätigte die künstliche Intelligenz. „Erklären Sie die Art des Notfalls."

„Opa ist krank, er liegt im Sterben, du blöde Maschine!", schrie Rania. „Schick' endlich einen Arzt!"

„Krank", bestätigte die Maschine. „Arzt ist unterwegs. Bitte bleiben Sie ruhig."

„Ich bin ruhig, verdammt!", schrie Rania und rannte zurück zu ihrem Opa. Sie ließ sich auf die Knie fallen und griff nach seiner Hand. „Opa! Sprich mit mir! Hörst du mich?"

Ein Speichelfaden hing ihm vom Mundwinkel, sein Brustkorb bewegte sich ganz langsam. Er atmete noch! Zum Glück! „Gottlob", hätte er gesagt. Aber das war natürlich auch eines dieser verbotenen Wörter, welche Religion enthielten.

Die Stille in der Pflanzenstation war unerträglich. Nichts, außer dem stetigen tiefen Brummen der Triebwerke und das gelegentliche Tropfen von Kondenswasser.

Dann endlich zischte es an der Schleuse. Die Türe glitt zur Seite und ein Arzt mit Notfalltasche kam angerannt. Ein kleiner Mann mit einer runden Brille, die seine Augen so groß wirken ließen wie jene dieser seltsamen grau-schwarzen Fische im Aquarium. Sie erkannte ihn. Doktor Zülke hatte ihr damals geholfen, als sie an der Leiter zum Gravitations-Simulator ausgerutscht war und sich dabei den Arm gebrochen hatte.

Hinter ihm schob ein großer, stämmiger Pfleger die Rollbahre.

„Opa ist plötzlich umgefallen. Helfen sie ihm! Bitte! Lassen Sie Opa nicht sterben", schrie sie den beiden entgegen.

Der Arzt schob sie sanft zur Seite. „Ich werde tun, was ich kann. Lass uns jetzt nur unsere Arbeit tun. Wir rufen dich, sobald er Besuch empfangen kann."

Dann gab er dem Pfleger ein Zeichen, und dieser schob das Krankenbett mit Opa rasch davon.

Rania sah ihnen nach, bis sie durch die Schleuse verschwunden waren, dann drehte sie sich um und ging zurück zu dem kleinen Tännchen, an dem immer noch die seltsamen Papiersterne hingen. Sie musste dies noch in Ordnung bringen. Vermutlich würde Opa ein paar Tage nicht mehr hier arbeiten können; und Rania müsste dafür sorgen, dass kein anderer Pflanzenpfleger diese Dinger sah und etwas dem Oberkommando meldete. Wie hoch war eigentlich die Strafe für Religionsmissbrauch?

Sie wusste es nicht, wollte aber dennoch sicher sein, dass weder sie noch ihr Opa deswegen bestraft würden. Hastig sammelte sie die Papierfetzen ein, knüllte sie zusammen und steckte sie in die Tasche.

Als sie gerade die Schleuse erreichte, ging diese auf und Reto trat heraus. Rania erschrak. Ein

Glück, dass er nicht gesehen hatte, wie sie die Sterne einsammelte. Reto war der Sohn des Oberkommandierenden, ein total süßer Junge, aber leider sehr pflichtbewusst. Sie murmelte ein schnelles „Hallo" und flitzte an ihm vorbei in die Schleuse. Sie konnte im Moment nicht mit ihm reden. Er würde sofort merken, dass etwas nicht stimmte, und sie wollte ihm nicht erklären, was passiert war. Vor allem wollte sie ihm nicht sagen, warum Opa sich derart aufgeregt hatte.

Sie musste sich jetzt irgendwie beschäftigen, sonst würde sie durchdrehen vor Sorge um Opa.

Ihre Kajüte sollte sie auch wieder einmal aufräumen. Am Boden lag noch die Unterwäsche von gestern, und ihr Lerncomputer leuchtete bereits orange, weil sie ihr tägliches Pensum noch nicht abgearbeitet hatte. Es wurde Zeit, dass sie sich darum kümmerte, ansonsten würde die Lehrverantwortliche hier auftauchen und nach dem Rechten sehen. Das wollte Rania erst recht nicht. Also schaltete sie die erste Audio-Lektion ein: Geschichte der

Menschheit. Bisher hatte sie sich kaum dafür interessiert, aber vielleicht konnte sie darin etwas über diesen seltsamen Brauch lernen, Tannenbäume zu dekorieren.

Während die Aufzeichnung lief, räumte Rania ihre Kajüte auf, steckte die alte Wäsche in den dafür vorgesehenen Schacht und nahm die Ersatzwäsche aus dem Schacht daneben. Es hatte schon seine Annehmlichkeiten, in einem durchorganisierten Raumschiff zu wohnen. Opa hatte erzählt, dass sie früher auf der Erde alle Kleider selbst waschen mussten. Unvorstellbar. Hier im Schiff gab es für alles Spezialisten: solche für die Wäsche, solche für die Ernährung, Fachleute für die Energieversorgung und Spezialisten für die Entsorgung von Fäkalien. Dann natürlich auch Leute wie Opa, die für den Unterhalt der transportierten Pflanzen und Tiere zuständig waren. Dies würde auch mal Ranias Aufgabe sein, genauso wie es Papas und Mamas Aufgabe war, bevor die beiden bei diesem schrecklichen Unfall mit dem verletzten Stier umgekommen waren.

Die Stimme aus dem Lerncomputer erklärte gerade, wie es dazu gekommen war, dass die Menschheit sich zusammengetan und diese drei Generationenschiffe auf den Weg geschickt hatte – jedes in eine andere Richtung. Die Namen der jeweils dreißig Besatzungsmitglieder wurden einer nach dem anderen aufgezählt. Auch ihr Opa war dabei auf dieser Liste. Einer der Helden, die ihre Heimat aufgegeben hatten, um eine neue Heimat für die Menschheit urbar zu machen. Mit Tieren und Pflanzen von der Erde und mit viel Enthusiasmus waren sie damals aufgebrochen. Ob es sich lohnte, würden diese Menschen nie mehr erfahren. Opa war der letzte Überlebende der Ursprungsbesatzung, und dies war jetzt bereits der dritte Schwächeanfall in dieser Woche. Er würde wohl nicht mehr lange durchhalten. Umso wichtiger war es, dass Rania jetzt noch herausfand, was es mit diesem Weihnachtsfest auf sich hatte, das ihm so wichtig war.

Sie schaltete die Audio-Lektion ab und startete die Archivsuche. Dort tippte sie *Weihnachten* ein. *Ein christlicher Brauch auf der Erde, mit dem die Geburt von Jesus Christus gefeiert wurde, dem Sohn Gottes nach dem Glauben der Christen. Wie alle anderen religiösen Bräuche ist auch dieser seit dem Aufbruch zur neuen Erde verboten.*

Mehr war darüber nicht zu finden. Vielleicht fand sie auch etwas auf den alten Silberscheiben, die Opa damals an Bord geschmuggelt hatte. Darauf hatten sie früher auf der Erde ihre Daten gespeichert. Sie holte die Discs aus dem Versteck unter ihrer Matratze, legte sie in den uralten kleinen Computer, der noch keine Sprachbefehle erkannte, sondern mit den Fingern bedient werden musste. Dabei waren die Buchstaben auf der Tastatur nicht einmal in einer logischen Anordnung, sondern wild durcheinander. Rania musste jeden Buchstaben suchen, um die entsprechenden Befehle einzugeben. *Das Universal-Lexikon auf DVD* leuchtete auf dem Bildschirm in großen, verpixelten Buchstaben auf. Darunter ein Suchfeld, in das sie das Wort *Weihnachten* tippte. Das Gerät surrte, als es die Silberscheibe beschleunigte und den entsprechenden Beitrag aufrief:

Weihnachten

Es geht vermutlich zurück auf die christliche Tradition, den Geburtstag von Jesus von Nazareth (Jesus Christus) zu feiern. Dieser soll als Sohn Gottes bei einer jungfräulichen Geburt durch Maria in einem Stall zu Bethlehem zur Welt gekommen und wohl bereits zu seiner Zeit als Messias oder Erlöser bekannt geworden sein.

Allerdings ist das wahre Geburtsdatum von Jesus Christus unbekannt. Erst 300 Jahre nach seinem Tod wurde der 25. Dezember als Geburtsdatum erstmals genannt. Aus dieser Tradition entstand in der gesamten christlichen Welt das Weihnachtsfest (= die geweihte Nacht). An diesem Tag soll zur Ehre von Jesus Christus auf der ganzen Welt Gutes getan werden.

Zu Beginn des 2. Jahrtausends nach seiner vermuteten Geburt war jedoch das Weihnachtsfest immer öfter umstritten. Vor allem, weil es immer mehr zu einem weltlichen Fest mit überteuerten Geschenken geworden war und es mehr und mehr zu einem Geschäftsereignis wurde.

Von einem Fest der Liebe stand hier nichts. Sie wollte Opa fragen, aber jetzt musste sie noch ihr Astrophysik-Lernprogramm abarbeiten und dann noch die Video-Lektion in interstellarer Trigonometrie abschließen. Sie hasste diese verrückten Berechnungen. Das konnte jedes Schiff vollautomatisch berechnen. Das musste allenfalls ein Navigator können. Aber sie, die bereits für die Pflanzenpflege vorbestimmt war, musste bestimmt keinen Kurs berechnen. So viel unnützes Wissen, das sie da pauken musste.

Nachdem sie sich noch eine Weile mit diesen theoretischen Modellen beschäftigt hatte, berechnete sie zur Übung den Kurs ihres Schiffes von der Erde bis zu ihrem Ziel auf Proxima Centauri B. Wenn sie das alles richtig berechnet hatte, würden

sie in nur drei Wochen ihren Zielplaneten erreichen. Konnte das stimmen? Sie wusste zwar, dass
sie kurz vor dem Ziel waren, aber so kurz? Bestimmt hatte sie sich verrechnet. Diese Trigonometrie war einfach zu kompliziert für sie.

In diesem Moment knackte ihr Kommunikator,
und die Stimme des Arztes erklang. Sie sollte sofort
zu ihm auf die Krankenstation kommen.

Sie ließ ihre Berechnungen liegen und eilte die
zwei Stockwerke hinab in den Krankenflügel.

Es roch nach Krankheit und Tod. Der Arzt erwartete sie bereits am Bett ihres Großvaters.

„Wie geht es ihm?", fragte sie.

„Er möchte dich sprechen", sagte der Arzt, ohne ihre Frage zu beantworten. „Ich lasse euch beide
alleine."

Rania trat an Opas Bett und griff nach seiner
Hand.

„Da bist du ja, Kind. Ich glaube, es geht mit
mir zu Ende." Er atmete schwer. „Fast hätte ich es
geschafft, unsere neue Erde noch zu sehen, aber es

sieht so aus, als würde ich jetzt kurz vor dem Ziel abtreten."

Die Apparate im Zimmer piepsten und surrten. Linien zuckten über die Bildschirme. „Du darfst nicht sterben, Opa. Es sind nur noch drei Wochen bis zum Ziel. Ich habe es eben durchgerechnet."

„Drei Wochen? Ich glaube nicht, dass ich noch drei Wochen durchhalte."

„Aber …"

„Du musst mir etwas versprechen, Kind. Wenn ich abtrete, stirbt auch die alte Tradition von Weihnachten, wenn niemand sie weiterführt."

„Aber … "

Das Piepsen der Apparate wurde einen Moment lang hektischer, dann beruhigte es sich wieder.

„Früher hatten wir uns jedes Jahr zu Weihnachten daran erinnert, was Jesus uns gelehrt hatte. Seid friedlich miteinander, beschenkt euch mit Liebe. Jesus hat nichts davon gesagt, dass wir einander teure Geschenke kaufen sollen, er wollte, dass wir einander unsere Liebe und Zuneigung schenken. Und das haben wir immer getan, Hulda und ich. Die ganzen Jahre hier auf dem Schiff. Die ganze Zeit, die wir zusammen waren, in der wir unsere Arbeit getan und unsere Kinder großgezogen haben. Und jedes Jahr an Weihnachten waren wir gemeinsam im Pflanzentrakt und haben ein Tännchen dekoriert. Wir haben uns an der Hand gehalten und einander Liebe geschenkt. Jedes Jahr, bis sie von uns gegangen ist."

Eine Träne kullerte aus seinem Augenwinkel. Rania hielt seine Hand und saß einfach schweigend neben ihm.

„Ich vermisse sie so", fuhr er fort. „Aber wie es aussieht, werde ich bald wieder bei ihr sein. Sterben ist nicht so schlimm, wenn man geliebt wurde."

Langsam verstand Rania. Opa hatte Weihnachten mit der Liebe zu seiner Frau und seinen Kindern verbunden. Kein Wunder, dass ihm dieses Fest so wichtig war.

Er hustete, die Linie auf dem Bildschirm zuckte ungleichmäßig, das Piepsen wurde nervöser, irgendwo ging eine orange Lampe an.

„Wenn ihr die neue Erde erreicht, musst du diese Tradition weiterführen. Wozu sonst wäre eine neue Erde gut, wenn es dort keine Liebe gibt?"

Der Arzt kam ins Zimmer gestürmt und kontrollierte hektisch die Instrumente.

„Versprich es mir", murmelte Opa, „lass Weihnachten nicht sterben."

Rania nickte und drückte seine Hand. „Versprochen."

Dann schloss Opa die Augen, das Piepsen aus der Maschine hörte auf und ging in einen langgezogenen Ton über.

Neben ihr stand der Arzt und legte ihr behutsam den Arm um die Schulter. „Es tut mir leid."

Aber Rania fühlte keine wirkliche Trauer. Sie hatte eine Mission. Und sie würde diese erfüllen. Sie würde das Fest der Liebe auf die neue Erde bringen.

„Verlass dich auf mich, Opa", murmelte sie, dann ließ sie sich vom Arzt aus dem Krankentrakt führen. „Ich lasse Weihnachten nicht sterben."